"흐아아……."
동물을 좋아하는 라티나는
현재 상황에 태클을 거는 것도 까맣게 잊고서
무릎을 굽혀 털 뭉치 세 마리를 한꺼번에 안아 들었다.

라티나는 완성된 프렌치토스트가 든 쇠냄비를 들고
테이블로 몸을 돌렸다.
달걀이 안쪽까지 스며들어 촉촉해지도록 구운 이 달콤한 빵은
그녀가 어릴 때부터 아주 좋아하는 음식 중 하나였다.

"단건 쉽게 타니까
불 조절이 중요해."

"이상하지 않아?"
고급 비단 직물이 부드러운 선을 그렸다.
크게 펼쳐진 소매는 움직임에 맞춰 하늘하늘 흔들려
거기 그려진 아름다운 무늬를 부각했다.

우리 딸을 위해서라면, 나는 마왕도 쓰러뜨릴 수 있을지 몰라. 7

For my daughter, I might defeat even the archenemy.

저자 CHIROLU
일러스트 Kei
옮긴이 송재희

For my daughter,
I might defeat even the archenemy.

Contents

백금의 아가씨와 맛있는 밥.

1. 후일담.

이런저런 일이 있었다고 간결하게 표현한다면 후세의 역사학자가 한탄할 만한 경위를 거쳐 데일과 라티나는 크로이츠에, 더 나아가서는『평소와 같은 일상』에 돌아왔다.

그렇게 돌아온 날 두 사람은 본격적으로 야간 술집 영업이 시작되기 전에 이른 저녁을 먹게 되었다.『춤추는 범고양이』의 간판 아가씨인 라티나와, 일 때문에 밤에 귀가를 많이 했던 데일은 평소엔 휴식을 겸하여 영업 중에 짬을 내 저녁을 먹는 일도 많았다. 하지만 오늘 밤은 많은 손님이 밀어닥칠 것이다. 쉴 수 있는 시간이 없을지도 모른다. 그런 예감이 들었다.

「오지 마」라고, 서비스업으로 해선 안 되는 발언을 점주가 하더라도 효과는 없을 것이다. 실제로 지금도 특별히 할 일도 없으면서 단골손님들 일부가 돌아가지 않고 죽친 채 대기 상태에 들어가 있었다.

점주 케니스는 지금부터라도 요리를 더 많이 준비해 둬야겠다고 머릿속으로 계획을 재조정하며, 미안하지만 막 돌아온 라티나도 힘껏 일해 줘야겠다고 생각했다.

그렇기에, 일하려면 연료가 필수였다.

그『연료』로서 케니스는 **평소처럼** 재빨리 저녁을 만들어 주방 한 쪽에 있는 테이블에 차렸다.

"흐아아아아아아!"

그 순간, 라티나에게서 나온 목소리는 감탄이라기보다 환호성이었다.

그릇 위에 담긴 요리를 확인한 그녀는 들뜬 발걸음으로 빵을 집으러 갔다. 커다랗고 둥근 빵을 도마 위에 놓고 진지한 얼굴로 칼질했다.

케니스가 단골 빵집에서 사들이는 빵은 요리에 맞춰 쓸 수 있도록 주방에 여러 종류가 놓여 있었다. 라티나는 요리 메뉴를 보고, 오늘은 맛이 강하지 않은 흰 빵을 고르기로 했다.

바구니에 가득 담은 빵을 테이블에 놓고 의자에 앉은 라티나는 들뜬 마음을 억누르지 못하는 모습이었다. 변함없이 가락이 독특한 콧노래라도 부를 것 같은 분위기가 다분히 풍겼다.

"그렇게 대단한 것도 아니잖아."

너무나도 기뻐하는 라티나의 모습에 곤혹스러워하며 케니스는 이어서 만든 요리를 내려놓았다. 그런 케니스를 향해 라티나는 당치도 않다는 듯 번쩍 얼굴을 들었다.

"오랜만에 먹는 케니스의 밥인걸!"

"……뭐, 내 요리는 오랜만이겠지만……."

"이게 얼마나 멋진 일인지, 어떻게 하면 알아줄까……."

그렇게 말한 라티나의 눈에는 살짝 눈물이 맺혀 있었다.

라티나의 과도한 반응에 당황한 케니스가 그녀 옆에 앉은 데일을 보니, 그는 라티나의 반응을 이상하게 보지 않고 그저 쓴웃음을 짓고 있었다.

"저쪽에서는…… 조금 큰일이었으니까……."

"크리소스한테는 미안하지만, 역시 바실리오에선 살 수 없어……."

예의 바르기로 정평이 난 라티나가 웬일로 빵 조각을 손으로 집어 먹었다. 그리고서는 정말 꼭꼭 씹으며 찡한 감동에 잠겼다.

"데일, 밥이 맛있어……!"

"잘됐네."

바실리오에 있을 때처럼 심각하지는 않지만 여전히 『딸바보』로 돌아간 상태인 데일은 어린아이를 칭찬하는 것 같은 동작으로 라티나의 머리를 쓰다듬었다.

그러나 지금 라티나에게는 데일(전 딸바보)이 아니더라도 무심코 그렇게 하게 되는 분위기가 있었다.

"……무슨 일이 있었길래?"

자신들이 모르는 일이 일어났던 것인가 싶어서 심각해지려는 케니스를 데일은 쓴웃음을 지은 채 보았다.

"뭐랄까…… 바실리오는 밥이 아주 맛없었어."

"……뭐?"

"깜짝 놀랄 만큼 맛없었어."

"……하아."

그다지 심각하지는 않은 화제였다.

하지만 그 사태에 직면한 당사자들에게는 결코 『심각하지 않은』 문제가 아니었다.

"밥이…… 맛있어…… 맛있어……."

감격의 눈물을 흘리며 식사를 하는 라티나의 모습은 그 일면을 똑똑히 이야기하고 있었다.

그녀는 케니스가 만든 잼을 표면 장력의 한계에 도전하듯 예술적인 균형 감각으로 듬뿍 올려 그것을 입안 가득 넣는다는 난이도 높은 미션을 수행하고 있었다. 그리고 본격적으로 훌쩍훌쩍 울기 시작했다.

그 직후에 향신료와 허브에 절인 닭고기 석쇠 구이를 한입 먹고, 흘러나오는 육즙에 뺨을 누르며 감동에 떨었다.

단맛이 강한 음식과 새콤한 음식을 번갈아 먹는 것은 과연 괜찮을는지, 하고 생각하고 마는 것은 연구심 많은 라티나가 평소에 각각의 요리를 찬찬히 음미하며 식사한다는 사실을 알기 때문이기도 했다. 이렇게 걸신들린 듯 마구잡이로 입에 넣는 그녀의 모습은 매우 보기 힘들었다.

"……너희, 바실리오의 왕성에 있지 않았어?"

"밥이, 맛있어……."

"일단 『성』에 상당하는 곳이고 취급도 나쁘지 않았어."

그들이 체재했던 곳은 『보라의 신(바나프세기)』 신전이지만, 그것은 동시에 국

가 군주인 『첫째 마왕』이 거주하는 궁전이기도 했다. 라반드국의 양식과는 크게 다르지만 『성』이라고 인식해도 문제없을 것이다.

그리고 그곳의 주인인 언니(크리소스)가 동생(라티나)을 끔찍이 아끼기에 자신들이 귀인 대접을 받았던 것은 데일도 헤아리고 있었다.

"그렇기에 놀라운 맛이었지."

"그렇게까지 말하니 오히려 궁금한데……."

진지한 얼굴로 생각에 잠기는 케니스에게 라티나는 입안에 든 것을 삼키고서 단호히 대답했다.

"바실리오의 밥을 먹으면, 맛있는 밥을 먹는다는 게 얼마나 행복한 일인지 느낄 수 있어."

"잘라 말하는구나……."

"크리소스는 열심히 라반드국과 문화를 교류해야 한다고 생각해. 특히 식문화…… 제발 식문화를…… 개선해 줬으면 좋겠어……."

라티나가 다음 빵에도 잼이 듬뿍 발랐다.

"밥이…… 맛있어……."

"아까부터 그 말뿐이네……."

"어릴 적에는 **그게** 보통이었고…… 크로이츠에 와서 내가 살던 환경이 평범하지 않았다는 걸 알았으니까, 그래서 밥이 그랬던 걸까 싶었거든."

"그런가……."

아득한 눈으로 말하는 라티나의 얼굴에는 일종의 달관이 있었다.

어릴 적 라티나는 자신이 나고 자란 환경에 의문을 품을 여지가 없었다. 자상한 부모님과 쌍둥이 언니와 함께, 조금 서먹서먹한 어른들의 시중을 받으며 조용히 지내던 매일. 어린 그녀는 그 외의 『평범함』을 몰랐고, 너무 어려서 그 사실을 의문스럽게 여기지도 않았다.

크로이츠에서 매일 활기차면서도 바쁜 나날을 보내게 되고 친구들의 생활 모습도 보게 되면서, 자신이 나고 자란 환경이 특수함을 이해하게 되었다.

자신이 처했던 상황이 『그림책 속 공주님』의 생활과도 다름을 정확하게 인식한 것은 모친이 고위 『신관』이고 자신들이 지내던 곳이 『보라의 신 신전』임을 알고 있었기 때문이기도 했다.

부친 스마라그디는 공정하며 엄격한 면이 있는 인물이었기에, 고위 신관인 모친의 권위는 아무리 가족이어도 자신들의 것이 아님을 어린 딸들에게 확실히 가르쳤다. 다른 사람의 권리를 등에 업고 오만하게 행동하는 것은 스마라그디가 싫어하는 행위 중 하나였다.

두명의 딸 중 한명은 국가 원수가 되리라는 신탁은 동시에 또 다른 딸은 선택받지 못함을 의미했다. 길이 달라질 것이 정해져 있는 딸들이 각자의 길을 걸을 수 있도록 엄격함도 겸비하여 딸들을 키운 것은 부모님의 깊은 애정 표현이라고도 할 수 있었다.

그렇게 타국의 다른 가치관 속에서도 유연하게 많은 것은 흡수하며 성장한 라티나는 그 과정에서 자신의 어린 시절 환경에 관해 어느 정도 추측하게 되었다. 부모님이 말했던 『둘째 마왕』의 위협과 그 『둘째 마왕』이 선대 『첫째 마왕』을 해쳤다는 사실을 봐도, 차대 『첫째 마왕』으로 선정된 크리소스와 쌍둥이 동생인 자신이 신전 깊숙한 곳에서 숨어 자란 것 정도는 추측할 수 있었다.

모국의 식문화는 라반드국과 크게 달랐으나, 신전 안쪽에 숨겨야 했기에 식사 자체도 특수했던 것일지도 모른다.

머지않아 라티나는 그렇게 생각하게 되었다.

하지만 사실은 모국의 식문화 자체가 실망스러운 수준임을 라티나는 이번 체재로 통감한 것이있다.

"바실리오에서 내 입장은 미묘하니까…… 정치에 관여하는 건 무섭고…… 크리소스가 내 말에 좌우되는 건 더 무서워."

라티나가 고집스러우리만큼 크로이츠로 돌아가겠다고 주장한 근저에는 그러한 『두려움』이 있었다.

크리소스는 부정했고 라티나도 예전만큼 심각하게는 생각하지 않지만 『죄인』이 되어 추방당한 과거는 뒤집을 수 없다. 그것을 좋지 않게 여기는 자도 그 나라에는 많이 있으리라.

인간 이외의 종족을 기피하는 가치관이 인간들 안에 깊이 뿌리박혀 있는 것처럼, 마인족이 종족의 상징으로 숭상하는 뿔을 잃은 자를 꺼리는 가치관도 간단히 불식할 수 없었다.

그 나라에서 『뿔을 부러뜨린다』는 눈에 보이는 형태의 형벌은 그만큼 큰 의미를 지니고 있었다.

그렇게 존재 자체에 예민한 부분을 내재한 자신이 왕인 크리소스와 너무 가까이 있으면 본인들의 생각과는 달리 이상한 의심을 받을 가능성을 부정할 수 없었다. 총명하고 상냥한 라티나에게는 외면할 수 없는 『현실』이었다.

"평생 만날 수 없는 것도 아니고…… 크리소스의 치세가 안정되면 상황도 바뀌겠지만…… 아직 내가 다녀왔다고 말할 곳은 크로이츠야."

생긋 미소 지은 라티나는 채소를 듬뿍 넣고 끓인 『범고양이』의 대표 수프를 먹고 한숨 돌렸다. 물론 케니스는 그녀의 엄마가 아니지만, 이 맛은 라티나에게 『엄마의 손맛』 같은 것이었다.

"그리고…… 바실리오의 밥이 맛있지 않은 건, 정말로 괴로워."

"그 이야기로 돌아가는구나."

"밥이 맛있지 않으니까 바실리오에서 살 수 없다고는…… 역시 크리소스한테 말할 수 없었어……."

크로이츠에서도 요리가 맛있기로 소문난 『춤추는 범고양이』에서 자란 라티나에게 식사 퀄리티는 매우 중요했다. 어렸던 그 날 처음 케니스의 요리를 먹고 충격받은 이후로 라티나는 막연하게 그것을 누리는 것이 아니라 직접 만드는 방향으로 노력을 계속하며 정진을 거듭했다.

그것도 전부 『맛있는 것』을 위해서였다.

"차라리 나한테 시켜 주면 좋을 텐데 그럴 수도 없었고……."

"아무리 그래도 그럴 순 없지."

라티나가 바실리오의 원수, 『황금의 왕』의 동생 공주임은 『범고양이』의 이들도 이미 아는 사실이었다.

주방 일은 기본적으로 허드렛일이다. 자신의 일에 긍지를 가지고 있는 케니스지만, 일반적인 『상식』과 비추어 볼 분별은 가지고 있었다.

"그렇게 말은 해도 라티나 너, 때때로 주방에 들어갔잖아."

데일이 끼어들며 말하자 라티나는 무안해하며 슬그머니 시선을 피했다.

†

데일은 규격을 벗어난 『여덟째 마왕의 권속』이 되면서 얼마 먹고 자지 않아도 행동을 계속할 수 있게 되었다.

그래서 그는 처음에 바실리오의 식사 사정을 전혀 의식하지 못했다.

최소한의 영양만 섭취할 수 있다면 맛 따위 신경 쓰지 않았다. 수중의 휴대 식량을 물과 함께 먹는 것으로 충분했다. 그의 모든 시간과 사고는 여전히 하루 대부분을 꿈속에서 보내는 라티나를 지켜보는 것에 할당되어 있었다.

이때의 데일은 그녀를 보고만 있어도 무엇보다 충족되었다. 3대 욕구보다도 우선되는 것은 『우리 딸(라티나) 결핍증』의 특효약이었다.

이윽고 라티나의 체력이 회복되기 시작해 그녀가 움직일 수 있게 되면서 데일도 마침내 『식사』를 의식하게 되었다.

그것도 사실, 맛없다는 얼굴이라기보다 몹시 슬픈 얼굴로 식사를 하는 라티나의 모습을 보게 되었기 때문이었다. 한없이 유감스러운 반응이었다.

베개를 받쳐 침대 위에서 상체를 일으킨 라티나는 시녀가 가져온 요리를 보더니 침울한 표정이 되었다. 그런 그녀의 모습은 데일에게도 낯설었다.

"……라티나?"

"밥이…… 맛있지 않아……."

깨작깨작 숟가락을 입으로 가져가며 라티나는 불쑥 혼잣말을 중얼거렸다. 라티나의 그 발언을 들었을 때, 반사적으로 데일이 생각한 것은 아직 그녀의 몸 상태가 성치 않다는 점이었다.

데일이 어릴 때부터 줄곧 지켜본 라티나는 보는 사람이 다 행복해지는 모습으로 매일 식사했었다.

그렇기에 식사를 즐길 수 없을 만큼 아직 회복되지 않았으리라고 생각했다.

데일이 그녀의 발언을 올바르게 이해한 것은 그녀가 어떻게든 자리를 털고 일어나 데일과 함께 식탁에 둘러앉을 수 있게 되면서부터였다. 『함께 밥을 먹는 것』은 두 사람의 오랜 습관이었다. 식사의 필요성 따위는 둘째 치더라도, 데일은 당연하다는 듯 그녀와 함께 식사하기를 택했다.

그리고 데일은 제공된 식사를 입에 넣고 무심코 외쳤다.

"맛없어!"

거기서 문득 깨달았다.

라티나는 아무래도 『맛없다』는 표현을 싫어하는 것 같았다. 요리에 경의를 표하며 참으로 『식사』를 좋아하는 아가씨였다.

"우와…… 놀랄 만큼 맛없어……."

데일이 거침없이 본심을 말한 것은 현재 라티나가 지내고 있는 이 『별궁』에 있는 사람이 라티나와 마인족 시녀들뿐이기 때문이었다.

크리소스와 달리 시녀들은 데일이 쓰는 『서방대륙어(인간 언어)』를 이해하지 못했다.

식탁 위에 차려진 식사는 겉모습도 라반드국의 음식과는 달랐다. 그래서 맛은 전혀 상상이 가지 않았다. 그러나 이 정도일 줄은 몰랐다.

"라티나…… 이거, 뭐야?"

"「***」라고 해. 「******」를 「***」랑 같이 끓인 거……였을 거야."

"……그럼 이쪽은?"

"분명…… 「*****」였을걸? 「******」 고기를 「***」랑 「****」로 절여서 구워."

필요한 정보 대부분은 알아들을 수 없는 말(마인족 언어)이었다.

전혀 이해할 수 없었다.

데일이 처음 가리킨 것은 어떤 곡물로 만든 죽 같은 것이었다. 날알이 드문드문 떠 있는 끈끈한 풀 같았다. 맛은 거의 나지 않았다. 하지만 삼키기 힘든 끈적끈적한 식감은 이해하기 어려웠다. 까끌까끌한 낱알이 어중간하게 남아 있는 것은 더더욱 이해하기 어려웠다.

다음으로 데일이 가리킨 것은 일단 고기 요리라는 것까지는 알 수 있는 물체였다.

사냥꾼 일족인 데일은 먼저 식용으로 처리가 미흡함을 알아차렸다. 이 짐승의 고기는 만족스럽게 손질도 되지 않은 듯했다. 냄새가 심하게 났다. 게다가 육즙이 다 빠져서 퍼석퍼석했고, 허브라고 하기에는 맛이 너무 강렬한 약재 비슷한 향과 쓴맛이 났다.

솔직히 말해서 맛없었다.

데일이 인간족이라 그렇게 생각하는 것도 아닌지 라티나는 슬픈 얼굴로 딱딱한 고기를 우물거리고 있었다.

"바실리오에서…… 가장 훌륭한 요리는 「*******」라는 과일이야."

"그대로 먹는 거야?"

"응……."

그건 요리라고 하지 않는다.

데일은 그렇게 바실리오가 밥이 맛없는 문화권임을 알았다.

"어릴 때도…… 밥은 이랬으니까…… 이게 『평범』한 거였어. 그래서 처음 케니스의 밥을 먹었을 때, 깜짝 놀랐어. 여러 가지가 여러 가지 맛이 나서."

뭐라고 말하기 힘든 사실 앞에서 데일은 어색한 표정을 지었다. 그런 그를 본 라티나는 힘없이 쓴웃음을 지으며 그렇게 말했다.

데일은 라티나가 크로이츠에서 처음으로 식사했을 때의 기억을 더듬어 떠올렸다. 확실히 그때 그녀는 케니스가 만든 디저트에 눈을 반짝였을 터였다.

기뻐하는 감정을 보고하듯 자신을 반짝거리는 눈으로 올려다보았던 작은 라티나는 마음 안쪽을 꽉 붙잡힐 만큼 사랑스러웠다. 어쩌다 보니 그녀를 줍게 되었지만, 그런 악의 없는 사랑스러운 웃음을 봐 버려서야 내버릴 수 없게 되는 것도 어쩔 수 없는 일이리라. 응, 어떻게 할 수도 없었다. 그건 정말로 어쩔 도리도 없었다.

"그때부터 라티나는 정말로 귀여웠으니 말이지……. 그럼…… 단 음식은……?"

"과일밖에 안 떠올라……."

"그런가……."

데일도 당시 라티나의 반응이 과하다고는 생각했지만, 그것은 숲 속에서 제대로 먹지 못하는 가혹한 경험을 한 뒤라 그런 줄 알았다.

그녀에게는 그 이상의, 문화 충격 그 자체인 체험이었던 것이다.

"바실리오에서는…… 작물을 그다지 수확하지 못하는 것 같아. 하지만 마인족은 성인 남성도 인간족만큼 많이 먹지 않으니까…… 어떻게든 지내고 있는 걸 거야."

옛날을 떠올리듯 라티나는 말했다.

자세하게 배운 것은 아니지만 어릴 적 아빠에게 들었던 이야기와 주위의 모습, 그리고 라반드국에 가서 보고 들은 것을 종합하면 크게 틀리지는 않으리라고 라티나는 생각했다.

"그러고 보니 건조 지대에 둘러싸여 있었지……."

데일이 그렇게 대답한 것은 하겔을 타고 지상을 봤을 때 광대한 황야에 둘러싸여 있다는 인상을 받았기 때문이었다.

『주황의 신(코르모제이)』의 가호가 있다면 이런 곳에서도 충분한 수확을 기대할 수 있겠지만, 그것은 일상적인 수단이라고 하기 어려웠다.

환경이 혹독한 바실리오는 작물의 수확량이 적었다.

게다가 타국과 교류를 단절하고 있으므로 음식물을 수입할 수도 없는 상태였다.

하지만 마인족은 원래부터 튼튼한 종족이고, 다른 인족과 비교해 섭취하는 영양분이 적어도 생명 유지에 지장이 없었다.

그 결과, 얻을 수 있는 것이 한정되어 있기에 식사를 즐기기보다는 필요한 기초 영양을 섭취하는 것을 중시하게 되었다.

어린 라티나는 몰랐지만 선대 『첫째 마왕』은 꽤 보수적인 사고방식을 지닌 왕이었다. 새로운 마왕인 크리소스가 즉위할 때까지 바실리오는 그때의 치세를 기본으로 운영했고, 그런 정치 정세도 식생활에 관여하고 있었다.

한편 크로이츠는 라반드국에서도 번영한 도시였다. 왕도와 항구의 중계점에 있어서 물류의 요소가 되어 물자가 풍부했다.

게다가 라티나가 스승으로 삼은 케니스라는 남자는 다양한 지역의 요리와 식자재를 연구하는 것에 인생의 목적을 두었던 남자였다. 우수한 모험가이자 중갑 전사로서 일류의 실력을 가지고 있었던 것조차 목적을 위한 수단에 불과했다.

실제로 그의 최대 목적이었던 희소한 식재료 — 바다에 사는 용의 일종이었다 — 와 조우한 직후, 그는 바로 『춤추는 범고양이』의 데릴사위가 되어 모험가로서 은퇴해 버렸다. 아직 현역에서 물러나기에는 이른 나이였고, 파티를 이끄는 리더로서의 소질도 뛰어났던 케니스의 은퇴를 아쉬워하는 자는 많았으나 그는 상관하지 않았다. 요리사로서 남은 인생을 살기로 한 것이다.

그런 케니스가 실력을 발휘하고 있는 『춤추는 범고양이』였다. 서민 동네의 술집 기준으로는 말도 안 될 만큼 다양한 메뉴와 레시피를 접할 수 있는 가게였다.

라티나는 그런 환경에서 자라고 말았다.

이제 라티나는 태어난 고향(바실리오)의 식문화로 돌아갈 수 없었다.

"그러고 보니…… 로제는 식사, 어떻게 하고 있는 걸까……?"

문득 데일이 중얼거리자 라티나의 시선이 이리저리 방황했다.

몹시 갈등하는 표정을 지은 뒤, 라티나는 이윽고 힘없이 아래를 보았다. 정말로 감정이 얼굴에 솔직하게 드러나는 아가씨였다.

"……크리소스가 제공한 밥…… 내가 안 먹으면…… 문제가 될 것 같아……."

"뭐, 지금 네 입장이어서야……. 크리소스는 그다지 신경 쓰지 않을지도 모르지만, 주위 사람들도 그럴 거라고는 장담할 수 없으니까."

입에 넣는 식사는 그대로 신뢰 관계의 유무를 결정짓는 행위가 된다.

이유가 어찌 됐든 간에, 크리소스가 제공한 식사를 라티나가 거부한다면 언니를 신뢰하지 않는다고 주위에 선전하는 행위가 되어 버린다. 언니의 뒷배가 있기에 자신이 자유롭게 행동할 수 있음을 아는 라티나는 곧장 그런 문제를 알아차렸다.

하지만 정기적으로 라반드 본국과 교류하고 있는 로제에게는 저쪽의 식자재가 있어도 이상하지 않았다. 휴대 식량이나 보존 식품이더라도 바실리오의 식사와 비교하면 충분히 『먹을거리』였다.

그런 생각에 이르자 라티나는 한층 더한 갈등에 빠지게 되었다.

그리고 그녀는 비교적 간단히 욕망 앞에 굴복했다.

그녀는 성인군자도 궁중 사람도 아닌, 속세에 물든 서민파 소녀였다.

"흥♪ 흥♪ 흥~♪."

들뜬 발걸음으로 복도를 걷는 라티나는 즐겁게 콧노래를 부르고 있었다.

바로 전에 그녀는 절친인 실비아를 찾아갔었다. 아무리 서민파 사고를 지닌 라티나지만― 아니, 서민파 사고를 지니고 있기에, 아무리 친하게 지내고 있다고는 하나 라반드국의 귀족 영애이자 일국의 사절인 로제에게 「밥 좀 주세요」라고 말할 수는 없었다.

하지만 상대가 친구라면 이야기는 다르다.

라티나는 어릴 때부터 『착한 아이가 되어야 한다』는 자세를 무너뜨릴 수가 없었다. 자신의 모든 것을 부정당하고, 태어난 고향에서 추방된 과거를 지닌 그녀는 데일이나 『범고양이』 사람들 등 주위 어른들이 자신에게 주는 모든 것이 놀라운 요행임을 이해하고 있었다. 『나쁜 아이』가 되어 버리면 그 행복을 잃을지도 모른다. 다시 모든 것을 잃어버리는 것은 그녀에게 무엇보다 두려운 일이었다.

어른에게 약한 소리를 할 수 없었던 라티나는 그렇기에 친구들에게 나이에 걸맞은 불평이나 투정을 흘리는 일이 많았다. 그런 점도 있어서 그녀는 실비아에게 비교적 솔직하게 푸념한 것이다.

라티나는 시무룩하게 처져서 친구에게 호소했다.

"밥이 맛있지 않아……."

그것을 들은 실비아는 폭소했다.

얼마 전, 옷을 갈아입는 것부터 방 앞에 잠깐 나가는 것까지 모든 동작에 시녀가 관여하는 것이 「귀찮다」며 실비아에게 투덜거렸던 라티나다. 그것을 들었을 때도 생각했지만, 바실리오 국왕의 동생인 공주가 말하기에는 너무나 너무한 내용이었다.

"헛웃음이 나올 만큼 맛없긴 하지……. 마인족의 미각으로도 맛이 없긴 했구나?"

인간족과 마인족이라는 종족 차이 때문에 선호하는 맛이 다를 가능성도 있다고 생각의 여지를 남겨 뒀던 실비아에게 라티나는 여전히 시무룩한 모습으로 힘없이 고개를 끄덕였다.

"맛있지 않아……. 있지, 맛있거나 맛있지 않다는 건 다른 것과 비교할 수 있기에 알 수 있는 거야. 여기서는 『밥은 이런 것』이니까……."

"삼킬 수 없을 정도로 맛없는 건 아니지만 절묘하게 맛이 없지."

일단 식량의 역할은 다하고 있었다.

오히려 최소한의 맛만 보장되어 있다는 인상이기도 했다.

"음…… 라티나."

"응?"

"사탕이라면 있어."

"우와아아아아!"

너무나 의기소침한 친구의 모습을 본 실비아는 자신의 소지품을 떠올렸다. 서류와 자료가 어지럽게 널린 책상 위에 파묻혀 있던 작은 사탕병을 꺼냈다.

간단히 섭취할 수 있는 에너지원인 사탕은 『초록의 신(아크다르)』의 신관에게 필수품 중 하나로 손꼽혔다. 내용물을 하나 집어 내밀자 라티나는 눈을 반짝반짝 빛내며 어린아이처럼 입을 벌렸다.

"맛있어?"

"응!"

"잘됐네."

사람들이 왜 작은 동물을 먹이로 길들이고 싶어 하는지 알 것 같았다.

식사의 즐거움을 빼앗긴 라티나에게 오랜만에 먹는 단맛은 상당히 큰 기쁨이었던 모양이다. 그녀는 약간 어린아이로 돌아간 모습으로 행복하게 작은 사탕을 입안에서 굴렸다.

"그러고 보니……."

"응?"

중얼거리며 자리에서 일어난 실비아는 방구석에 내던진 자신의 짐을 뒤적거렸다. 이윽고 납작한 캔을 꺼냈다.

이상하다는 얼굴인 라티나 앞에서 그것을 열자 독특한 냄새가 났다.

“응…… 상하진 않았나 보네. 지금은 이런 것밖에 없지만, 가져갈래?”

캔에 무엇이 들었는지 이해한 라티나는 친구의 말에 몹시 감격한 표정이 되었다. 기도하는 것처럼 손을 맞잡고서 그렁그렁한 눈으로 친구를 보았다.

“실비아……! 신 같아…….”

명색이나마 『신의 말석(마왕)』에 자리한 존재가 해도 될 코멘트는 아니었다.

—그 결과, 라티나는 콧노래를 부르며 복도를 걸었다.

발걸음조차 독창적인 것은 그녀의 리듬감이 개성적이며 부족하기 때문이었다.

“버터, 기뻐라, 기뻐라♪ 짠맛이 강하니까, 조금만♪.”

개성적인 가사의 즉흥 노래를 흥얼거리며 라티나는 주방으로 향했다. 주방이 어디 있는지는 매일 신전을 산책해서 알고 있었다.

처음 주방을 발견했을 때는 울적하게 가라앉는 심경을 되돌아보고자 무심코 냄비 닦기에 열중하고 말았지만 후회는 하지 않았다. 아무튼 라티나에게 냄비를 닦는 것은 너무나 즐거운 일이었다. 노력을 들이는 만큼 반짝반짝해지는 성과도 눈으로 확인할 수 있었

다. 주방 구석에 놓여 있던 눌어붙은 냄비를 발견하고 그냥 내버려 둘 수 없었던 것이 발단이지만, 그녀는 그대로 눈에 띄는 냄비를 닥치는 대로 닦아 버렸다.

애초에 이곳은 신전이라 오락이라고 할 수 있는 것이 거의 없었다.

독서하고 싶어도, 라티나는 마인족의 언어를 말할 수는 있어도 읽고 쓰지는 못했다. 어릴 때 고향에서 추방당한 그녀는 글자를 배울 기회가 없었다. 아무리 그녀가 총명해도 어쩔 수 없는 일이었다.

그 결과, 라티나는 심심함을 주체할 수 없었다. 할 일이 너무 없었다.

일중독인 라티나가 얌전히 있도록 하려면 적당한 일을 주는 것이 가장 유효함을 크리소스는 아직 몰랐다.

참고로 데일은 크리소스가 군주로서 소화하고 있는 업무량을 알고 있었고, 동생과 보내는 시간을 짜내기 위해 그 업무들을 무서운 기세로 처리하는 모습을 보면서 역시 이 자매의 근본은 비슷할지도 모른다고 생각하기도 했다.

그런 라티나가 오랜만에 발견한 『할 수 있는 일』이었다. 그녀는 식사와 심심풀이, 두 오락 앞에 간단히 굴복하고 말았다.

라티나를 따르는 시녀는 그녀의 행동에 어떻게 대응해야 할지 판단할 수 없어서 허둥거리며 뒤를 쫓았으나, 지금 라티나의 의식 속에 시녀에 관한 것은 전혀 없었다.

시녀의 시점에서 라티나의 행동은 『백금의 공주님의 갑작스러운 기행』이었다.

신전 내부에 있어도 귀인은 결코 출입하지 않는, 허드레꾼이 잡일을 처리하는 구역으로 라티나는 경쾌하게 나아갔다. 그녀가 흥얼거리는 불가사의한 선율은 마인족의 문화권에서 전혀 듣지 못한 것이었다. 인간들의 문화일까. 인간은 어떤 의도로 이러한 선율을 만들어 낸 것일까.

시녀가 당황할 만한 상황이었다. 이해의 범주를 벗어난 행동이었다.

그리고 동생에게 무른『황금의 왕』이 라티나의 의향을 되도록 존중하라고 명령한 것이 상황을 더욱 혼란스럽게 만들고 있었다. 하지만 크리소스의 가치관으로는 시중받고 모셔지는 것이 당연했고, 허드렛일을 한다는 발상은 없었다.

하물며 라티나가 스스로 그런 일을 하고 싶어 하리라고는 크리소스도 시녀들도 생각지 못했다.

자란 환경의 차이가 그런 부분에서 나타났다.

그 결과, 시녀는 라티나를 말릴 수 없었고 그 의도도 이해하지 못했다. 시녀의 근심은 상당했다.

라티나가 이토록 들뜬 것은 버터 캔을 든 손 반대쪽에 움켜쥔 작은 병 때문이기도 했다.

"벌꿀까지 주다니, 정말로 실비아는 다정하구나♪."

독백에도 가락이 붙었다.

라티나가 너무나 기뻐해서 실비아는 비장의 벌꿀까지 제공한 것이다. 쓰다 만 버터 한 캔에 대한 기쁨이라고 하기에 라티나의 모습은 너무 과했다. 친구가 기뻐하는 모습에 실비아는 왠지 미안해지고 말았다.

그리고 라티나가 그토록 궁지에 몰려 있다는 사실에 조금 동정했다.

한 손에 버터가 든 캔, 다른 한 손에 벌꿀이 든 작은 병을 든 라티나는 자기 영역에서 일하는 사람에 대한 배려 등 항상 신경 쓰는 부분을 전부 내던졌다.

즉, 주방에 돌입했다.

주방에 들어간 라티나는 우선 머리를 묶었다. 그것은 스승의 가르침 중 하나였고 그녀의 의식 전환 장치이기도 했다. 사실은 앞치마를 장착하고 싶었지만 그것까지는 준비할 수 없으니 별수 없었다.

그리고 버터를 조금 입에 넣어 확인했다.

크로이츠에서 평소 쓰던 것과는 비교도 되지 않을 만큼 짠맛이 강했다. 보존성을 높이기 위해 캔 버터 중에는 그런 것도 있다고 스승(케니스)에게 들은 적이 있는 라티나는 놀라지 않았다.

"역시 신선한 버터보다 풍미는 떨어지는구나……."

그래도 오랜만에 느끼는 맛에 가슴이 뛰었다.

"이것밖에 없으니까 과자는 어려우려나…… 벌꿀도 이것뿐이고."

중얼거리며 주방 안을 물색하기 시작했다.

왕인 크리소스의 권한을 악용하지 않겠다고 라티나는 결심하고 있었지만, 이때만큼은 왕의 권한이든 호랑이의 위세든 쓸 수 있는 것은 전부 쓰자는 마음이었다.

그 결과, 그녀는 주방 내의 식자재를 슬쩍 빌린다는 매우 작은 규모의 횡령을 저질렀다. 규탄하기도 곤혹스러울 만큼 사소했다.

"곡물이고…… 맛은 그다지 나지 않으니까…… 구워 볼까."

라티나는 주식인 죽 형태의 음식을 만드는 곡물 가루에 적당히 물을 더해 섞으며 모습을 살폈다. 우유 종류가 있으면 좋겠지만 그럴듯한 것을 찾을 수 없었다. 안타까웠다.

밀가루보다 찰진 반죽이 된 곡물 가루는 척 봐도 균일하게 갈리지 않았음을 알 수 있었다.

"……체로 치면 어떻게 좀 쓸 만해지려나."

어떻게 조리해서 어떤 요리로 만들지 생각이 뻗어 나갔다.

데운 금속 냄비에 소중한 버터를 조금 떨어뜨리니 바로 녹아서 좋은 향이 났다. 오랜만에 맡는 향에 마음이 들떴다. 반죽을 신중하게 냄비에 넣자 치익 하고 높은 소리가 났다. 평소라면 일단 냄비를 불에서 내려 온도를 낮추겠지만, 찰진 반죽은 예상대로 두껍게 찰랑이고 있었다. 이 정도 화력이어도 괜찮으리라.

라티나가 만든 것은 가루를 물로 이겨 구운 유사 크레이프였다.

아무리 요리 실력을 갈고닦은 라티나더라도 아무런 준비도 없이 즉흥적으로 만들 수 있는 것은 한정되어 있었다. 원재료와 비슷한 것 자체가 거의 없었다.

그래도 갓 구운 것에 얇게 버터를 발라 벌꿀을 떨어뜨리니 식욕을 자극하는 향이 났다. 후각을 자극받아 식욕이 이는 감각조차도, 슬프게도 오랜만에 느끼는 것이었다.

자리에 선 채 버릇없이 덥석 물어 먹은 것은 맛을 보기 위해서였다. 처음 만들어 본 것이라면 더더욱, 괜찮게 만들어졌는지 확인하는 것은 직업인으로서 당연한 행동이었다.

"으으……."

라티나는 살짝 울었다.

반죽이 무미한 만큼 버터의 짠맛이 딱 적당했다. 벌꿀의 달콤함은 단맛 자체에 굶주려 있던 라티나에게 찡한 감동을 선사했다.

"먹을 수 있어……."

툭 흘러나온 발언이 너무나 서글펐다.

들고 있던 것을 전부 먹은 라티나는 남은 반죽을 구워 데일 곁으로 달려갔다.

"데일!"

"오…… 오오?"

친구(실비아)와 스스럼없이 수다 떨러 갔을 터인 라티나가 접시를 끌어안고 달려온 것을 보고 데일은 당황했다.

하지만 그녀가 활짝 웃으며 그 접시를 내미니, 마주 웃는 것 말고 데일에게 다른 선택지는 없었다.

"데일…… 만들어 봤어. 먹을래?"

"라티나의 수제 요리를 안 먹겠다고 할 리 없지만…… 만들었다니, 너……."

솔직한 성격에 거짓말을 못 하는 것은 그녀의 미덕이지만, 상황을 헤아린 데일의 미소가 미묘하게 변했다.

"주방에…… 들어간 건가……."

"잠깐이야. 잠깐 썼을 뿐이니까!"

라티나도 그 부분은 껄끄럽게 여기고 있었기에 그녀는 시종일관 정상 참작의 여지를 필사적으로 어필하며 해명했다.

"있지, 식으면 아마 맛있지 않게 될 테니까, 따뜻할 때 먹어 봐."

"그래."

라티나가 주방에서 급히 거처로 돌아온 이유도 그것 때문이었다. 완전히 휘둘리고 있는 시녀는 안중에 없었다.

먹기 좋게 작은 크기로 반 접힌 반죽은 슬쩍 잡았는데도 쫀득한 감촉이 전해졌다. 전부 거의 같은 크기로 늘어서 있는 것에서 그녀의 실력을 엿볼 수 있었다.

라티나의 권유를 따라 입으로 가져가니 달콤한 향이 풍겼다.

데일은 버터의 짠맛과 부드러운 단맛을 느끼며 음식을 씹었다.

"라티나가 만든 거니까 뭐든 맛있다고 말해 주고 싶지만……."

"응."

같은 것을 양손으로 들고 우물우물 먹는 라티나는 데일 앞에 앉아 그의 말에 고개를 끄덕였다.

"엄청 맛있진 않네."

"응. 그냥 그래."

있는 재료를 적당히 모아 만들었다는 자각이 있는 라티나는 데일의 말에 기분 상한 모습을 보이지 않았다. 그녀는 자신이 만든 것에 정확한 판단을 내리고 있었다.

"하지만…… 먹거리를 먹는 건…… 오랜만이야……."

그래도 바실리오에서 제공하는 것과 비교하면, 갓 구웠다는 점도 있어서 그런지 충분히 『음식다운 것』이었다.

"응……."

고개를 끄덕인 라티나는 살짝 눈물을 글썽거리고 있었다.

"밥은 중요하구나……."

설실한 모습으로 말하녀 고개를 끄덕이고 있는 것은 국왕이 끔찍이 사랑하는 공주였다.

데일은 무언가 잘못되었다는 느낌이 들었지만 지적하지는 않았다.

다 먹은 그릇을 시녀에게 빼앗겨서 역시 정리는 직접 할 수 없었다.

그래도 라티나는 기죽지 않고 별궁 한구석에서 작업을 시작했다. 데일이 그 모습을 살펴봤을 때, 그녀는 아마 주방에서 가져왔을 여러 용기를 늘어놓고 있는 참이었다.

이상하게 여긴 데일이 용기를 들여다보자 물 안에 과일로 보이는 것이 잠겨 있었다.

"뭐야……?"

"조금 실험해 보려고. 만지거나 움직이면 안 돼."

"어…… 으응."

라티나가 이렇게까지 확실하게 강경한 말을 꺼내는 일은 드물었다. 데일은 내밀려던 손을 거두어들이며 고개를 끄덕였다.

“「***, ********.」”

“「**.」”

라티나는 그대로 방 입구에 있는 시녀에게 몸을 돌리더니 다소 매서운 음성으로 무언가를 명령했다. 데일은 아마 자신에게 말한 것과 마찬가지로 용기를 만지지 말라는 뜻이겠거니 추측했다.

“「**********.」”

눈에 힘을 준 라티나는 확연하게 목소리에 위협을 담고 있었다. 온화한 성격인 라티나가 이토록 강한 어조로 다른 사람에게 강요하는 일은 상당히 드물었다.

“…….”

데일은 말없이 결론에 이르러 납득한 얼굴로 고개를 끄덕였다.

‘먹을 것 관련이겠지…….’

추측할 수 있는 이유는 너무나 너무한 성질의 것이었다.

라티나는 용기에 확실히 뚜껑을 덮고 그것을 열심히 관찰하게 되었다. 그녀가 부지런하게 사용하고 있는 것은 온도 변화 마법이었다. 매우 신중하게 온도를 관리하고 있는 듯했다.

우아한 별궁 한구석에 죽 늘어선 용기는 데일이 보기에도 이상했다.

마인족인 시녀들에게는 데일보다 더욱 이해할 수 없는 행동이리라. 좋게도 나쁘게도, 라티나가 때때로 보이는 엉뚱한 행동에 데일은 익숙해져 있었다. 시녀들은 명백하게 난처한 얼굴로 이쪽을 힐끔힐끔 엿보았다.

라티나는 그 시선을 전혀 개의치 않고서 매일 즐겁게 용기의 상태를 관찰했다.

"……."

그리고 라티나가 즐거워 보인다면 데일은 더 말할 것이 없었다.

"「***, ***********…….」"

"「**…….」"

하지만 시녀들이 속닥속닥 나누는 말을 듣고, 표현하지는 않았지만 식은땀을 한 방울 흘렸다.

'『인간족의 관습』이라고…… 이상한 오해가 퍼질 것 같네…….'

데일은 마인족의 말을 드문드문 알아듣는 정도였으나, 시녀들이 그런 의심을 하고 있다는 것은 분위기도 아울러 헤아릴 수 있었다.

하지만 『대화』로 그것을 부정할 수 있을 만한 실력은 데일에게 없었다.

'나도…… 마인족 말, 배워 둬야겠어…….'

그런 식으로 데일은 향후 목표를 세우며 어색한 분위기를 타개하고자 했다.

그렇게 다양한 시선 속에서 라티나의 『실험』은 날을 거듭해 진행되었다.

그녀의 『실험』은 때때로 브슈브슈 소리를 냈고, 끈으로 꽉 묶어 밀폐된 뚜껑이 빵빵해지기까지 상태가 변화했다.

'썩지 않았을까…….'

데일에게는 불온한 분위기가 풍기는 것처럼 보였다.

도저히 『먹을 것』과 연관되어 있다고는 생각할 수 없었다.

그런 데일 앞에서 라티나는 용기 하나를 잡고 두근거리는 얼굴로 뚜껑을 살며시 열었다.

"흐야아!"

"우와."

썩어 있었다.

라티나는 황급히 다시 뚜껑을 닫고 옷소매를 펄럭여 썩은 냄새를 밖으로 내보냈다.

'뭐, 그렇겠지.'

데일도 어느 정도 각오했던 일이라 신경 쓰지 않고 라티나가 환기하는 것을 도왔다.

"온도가 높았던 걸까……."

라티나는 그렇게 말하고 고개를 갸웃했다.

"다른 건 좀 더 낮은 온도로 관리했으니까 괜찮을 거야."

그렇게 중얼거리며 마음을 다잡고서 두 번째 용기를 연 라티나는 잠시 후 어깨를 축 떨구었다.

"곰팡이……."

중얼거림으로 추측건대 곰팡이가 피어 버린 듯했다.

그래도 그녀는 기죽지 않고 다음 용기를 잡았다.

뚜껑을 열고 지그시 안을 관찰한 다음, 킁킁 냄새를 맡았다. 일단 몸을 떼고 뭔가 생각하더니 다시 한번 냄새를 맡았다.

"됐다!"

이윽고 라티나는 기뻐하며 외쳤다.

"해냈어, 데일! 만들어졌어!"

"어…… 으응."

"해냈다!"

데일은 라티나가 왜 기뻐하는지 도무지 알 수 없었다. 나머지 용기도 확인한 라티나는 만세 하며 빙글빙글 돌았다. 그리고 라티나의 이상한 모습에 질겁하고 있는 시녀 한 명을 붙잡았다.

"「*******.」"

크리소스와 상통하는 명령하는 자의 얼굴이었다. 그녀가 선천적으로 가진, 위에 선 자다운 인품의 편린을 이럴 때만 보이는 것은 과연 어떨는지 하고 데일은 생각했다.

시녀가 끄덕끄덕 수긍하여 명령에 따르겠다는 뜻을 나타냈다. 그녀는 명백하게 라티나의 기세에 겁을 먹은 상태였다.

데일은 시녀를 조금 동정했다.

그리고 라티나는 자신이 다 들지 못한 용기를 시녀에게 맡기고서 엄청난 속도로 주방을 향해 달려갔다.

그런 그녀의 등이 사라지는 것을 지켜본 데일은 한숨을 쉬었다. 하지만 그것도 라티나가 원래 상태로 돌아온 결과라고 긍정적으로 생각했다.

한편 주방으로 달려가는 라티나는 크로이츠에 있는 소꿉친구를 떠올리며 울먹이고 있었다.

"고마워, 마르셀…… 고마워……!"

눈여겨본 곡물 가루는 미리 곱게 체를 쳐 두었다. 체도 없었기에 대용할 물건부터 찾아야 했지만 시간은 충분히 있었다.

"먼저 이거랑 가루를 섞어서⋯⋯ 이스트부터 만들고⋯⋯ 잘만 되면⋯⋯."

짧은 기간이었지만 전문가에게 확실히 지도받아서 다행이라고 라티나는 진심으로 감사했다. 정확한 지도는 분명하게 자신의 양식이 되어 있었다.

"빵을 먹을 수 있어⋯⋯!"

라티나가 벌인 일련의 기행은 데일의 예상대로 역시 식욕 때문이었다.

라티나는 예전에 빵집을 운영하는 소꿉친구의 집에서 단기간이지만 일한 적이 있었다.

그때 그녀가 바란 보수는 빵을 만드는 일련의 공정을 배우는 것이었다. 성형이나 굽는 법 등 눈에 잘 띄는 부분뿐만 아니라 제빵의 근간인 효모와 그것으로 만드는 이스트에 관해서도 배웠다. 무엇보다 사전 준비가 중요함을 그녀는 스승에게 주입받았다.

과일과 물로 만드는 효모는 비교적 간단히 제작할 수 있었다. 그래서 빵집 주인인 소꿉친구의 아버지는 라티나에게 실제로 그것을 만들 기회를 주었다.

그 이후로 빵을 만들 기회가 없었으므로 라티나는 그다지 자신이 없었다. 그래도 실제로 만들어 본 경험이 있었기에 기억을 더듬어 어떻게든 그럴듯한 것을 만드는 데 성공했다.

만사 제쳐 놓더라도, 주식의 재현.

현재 라티나의 비원은 그것이었다.

과일로 만든 효모와 가루를 섞어 더욱 발효되기를 기다렸다.

상태에 따라서는 며칠이 걸리는 공정이지만, 성급하게 굴어서 전부 망칠 수는 없었다.

"잘 되면 좋겠다……."

섬세한 마력 제어가 특기인 라티나에게는 마법으로 온도를 미묘하게 조절하고 일정하게 유지하는 것도 어려운 일이 아니었다. 그래도 그녀의 모습은 꽤 절박했다.

가지고 있는 모든 능력을 쏟아부어서라도 성공시키겠다며 각오를 다질 만큼 식사 사정은 절박했고, 할 일이 너무 없어서 하루하루가 힘들었다.

며칠이 지나 무사히 이스트가 부푼 것을 보았을 때, 라티나는 환희의 춤을 추었다. 여전히 그녀에게 리듬감은 없었다.

크로이츠에서 만들었던 효모보다 발효하는 힘이 약한 것 같았다. 크로이츠에서는 당연하게 입수했던 과일을 바실리오에서는 볼 수조차 없었다. 밀가루도 바실리오에서는 손에 넣을 수 없었다. 다른 재료를 사용하면 요리의 성공률은 크게 낮아진다.

"하지만 제대로 부풀었고…… 발효했으니까 어떻게든 되려나."

중얼거리며 가루와 이스트를 섞었다.

약한 발효력을 강화하기 위해 벌꿀을 더하고, 레시피를 떠올리며 소금도 쳤다.

"흥, 흥♪ 흥~♪."

섞었다.

찰진 재료가 섞이며 하나가 되는 감촉이 즐거웠다. 무심코 콧노래가 나왔다.

이긴 반죽을 둥글게 만드는 것도 발효 가스가 빠져나가는 것을 막기 위해서였다. 그렇게 배운 것을 신중하게 따르며, 마르지 않도록 반죽 위에 젖은 행주를 씌웠다. 기온이 높은 바실리오에서는 실온에서도 충분한 온도를 유지할 수 있을 것 같아서 라티나는 모습을 지켜보기로 했다.

그러는 동안, 냄비를 닦을 때 점찍어 뒀던 두꺼운 냄비를 끄집어냈다. 조리장에서 일하는 허드레꾼들이 라티나의 행동에 어떻게 대처하면 좋을지 모르겠다는 얼굴을 하고 있었지만, 라티나는 눈치채지 못한 척 버텼다.

"화덕을 만드는 건 역시 무리겠지……."

라티나의 혼잣말이 다소 많은 것은 그녀를 깍듯이 모시는 시녀와 하인들이 친근하게 말을 걸어 주지 않기 때문이었다. 실비아와 로제는 바쁘므로 자신의 심심풀이에 항상 대동시킬 수는 없었다. 현재 라티나는 대화할 상대가 상당히 한정되어 있었다.

화덕이 정말로 필요하다면, 라티나와 마찬가지로 현재 일하고 있지 않은 데일에게 부탁해 만들 수 있을지도 모른다. 하지만 안타깝게도 라티나는 화덕이 어떻게 설계되어 있는지 자세히 알지 못했다.

그래서 훌륭하게 발효되어 몇 배로 커진 반죽을 복잡하게 성형하지 않고, 몇 등분으로 나누어 각각 둥글게 만드는 것에서 그쳤다. 그리고 냄비 안에 일정한 간격으로 늘어놓았다.

"뚜껑을 덮고…… 이제 구워 보자……."

그렇게 중얼거리며 라티나는 미간에 주름을 잡았다.

바실리오의 주방은 그녀에게 익숙한 라반드국의 주방과 상당히 달랐다. 라반드국에서 유통되는 마도구가 없을 뿐더러 제대로 된 아궁이조차 없었다.

바실리오에서는『불』속성을 가진 자가 가열 조리를 하고,『물』속성을 가진 자가 물독에 물을 가득 채우는 방식으로 마법 속성에 따라 분할하여 요리를 담당했다.

그것은 즉 요리 기술을 가지고 있기에 조리장에서 일하고 있다기보다『불』속성의 마법 적성을 가지고 있기에 이곳에 배속되었다고 할 수 있었다.

바실리오에서는 서민들도 각자 가정에서 요리하지 않고 가공된 식품으로 식사했다. 그것도 이 토지의 환경 때문이었다. 근처에 숲이 없는 이 토지에서 인간족처럼 생활한다면 연료가 되는 장작도 부족해진다. 바실리오에서 가장 쉽고 안정적으로 얻을 수 있는『연료』는『마력』이었다.

『불』속성을 가지고 있지 않은 라티나는 가열 조리조차 마음대로 할 수 없었다.

"으음~."

지난번에 유사 크레이프를 만들었을 때는 막무가내로 허드레꾼을 붙잡았었다. 하지만 이번에는 약한 불로 찬찬히 굽고 싶었다. 다른 사람을 장시간 구속하는 것은 역시 조금 미안했다.

"그럼…… 응."

하지만 오늘의 라티나는 그 정도로 포기하지 않았다.

탁탁 발소리를 울리며 주방을 나간 그녀는 충실한 멍멍이의 모습을 찾았다. 『천상랑』이라는 환수는 종족 특성으로 『하늘』 『바람』 『불』 세 종류의 마법 속성을 가지고 있었다.

기본적으로 라티나는 『춤추는 범고양이』의 주방에서 빈트가 놀지 못하게 했지만 지금은 물불 가릴 때가 아니었다.

"빈트, 할 수 있겠어?"

"우우……."

주방 안에서 라티나에게 질문받은 충실한 멍멍이는 평소의 방약무인한 마이페이스 기질과는 다른 반응을 보였다.

"내 새끼는 『불』 마법엔 서툴러."

웬일로 머뭇거리는 빈트를 보고 하겔이 거들었다.

"그랬어?"

"『바람』 마법이라면 괜찮다."

"『바람』 마법이라면 괜찮지만 『불』은 세세한 제어가 불가능한 모양이야."

"콰광~ 한다. 할 수 있다."

"그건 안 돼……."

난처한 표정을 짓는 라티나에게 하겔이 아무렇지도 않게 제안했다.

"내가 하지."

그 꼬리는 아비와 새끼 모두 살랑살랑 흔들리고 있었다.

"고마워."

웃는 얼굴이 된 라티나가 잔뜩 쓰다듬어 줄 것을 기대하고 꼬리는 더욱 격하게 흔들렸다. 어디를 어떻게 봐도 칭찬받을 것을 기다리는 멍멍이였다.

전설상의 용 등과 함께 거론될 만큼 희소하며 공격성 높은 생물로서의 위엄 같은 것은 전혀 느껴지지 않았다.

그렇게 환수가 구운 라티나의 수제 빵이 완성되었다.

뚜껑을 열고 노릇하게 구워진 빵이 모습을 드러내자 라티나는 안도의 숨을 내쉬었다. 잠시 간격을 두고 뜨거운 김과 향긋한 냄새가 느껴졌다. 설레는 마음에 들이밀었던 얼굴을 조금 뒤로 물렸다.

밀을 사용하지 않았기에 냄새는 상상했던 것과 달랐다. 그래도 생각보다 괜찮게 완성된 것 같았다.

"일단 맛을 볼까……."

화상을 입지 않게 조심하며 따끈따끈한 빵을 집었다. 손으로 뜯기에는 다소 딱딱했다. 나이프로 한 조각 잘라 입으로 가져갔다.

"음……."

우물우물 씹었다.

예상보다 쫀득하고 묵직했다. 효모의 향이 처음 맡는 냄새라 약간 이상한 느낌이 들었다.

실비아에게 받은 버터를 조금 많이 발랐다. 뜨거운 빵에 닿자 버터는 순식간에 녹아 흡수되었다.

다시 우물우물 씹으니 빵의 희미한 단맛을 버터의 풍미와 짭짤함이 부각시켜 주었다. 있는 재료를 모아 만든 것치고는 합격점이라고 라티나는 스스로 평가했다.

"빵, 이다……!"

눈물이 나왔다.

주식이 얼마나 중요한지 통감했다.

"하지만 가루가 다르니까…… 식으면 딱딱해져서 못 먹게 될지도 몰라……."

그렇게 생각하니 더는 가만히 있을 수가 없었다.

라티나는 완성된 빵을 안고 데일 곁으로 달려갔다. 동시에 충실한 멍멍이를 친구에게 파견하여 소집하는 것도 잊지 않았다.

라티나가 벌인 그런 일련의 행동들은 역시 하인들에게는 기행으로만 보였다.

그리고 여담이지만, 이후 마인족 하인들 사이에서 『인간족의 문화』로 묘한 곡조의 멜로디가 유행했다. 원인은 명백했다.

'라티나에게 문제가 있는 게 아니라…… 마인족의 리듬감이 독특한 건가…….'

그것을 들은 데일이 그런 매우 실례되는 착각을 한 것 또한 여담이었다. 예전에 항구 도시에서 만났던 연주자는 그의 머릿속에서 완전히 사라져 있었다.

냄비에 가득 있었던 빵은 예상을 뛰어넘은 기세로 사라졌다.

『빵을 먹는다』는 당연한 행위가 당연하지 않은 상황이 되어 있었기에, 모두 오랜만에 맛보는 감촉에 푹 빠졌다.

"굉장해, 라티나……. 만들어 버리는구나……."

"빵 맛있어……."

"정말로 오랜만이다…… 이런 거……."

"샌드위치로 만들어 보는 건 어떨까?"

"……끼워 넣을 재료가…… 없어……."

"차라리 직접 뭔가 사냥하는 편이 제대로 된 걸 먹을 수 있을 것 같아……."

버터와 벌꿀만으로도 충분한 『진수성찬』이었다. 비유가 아니라, 매일 먹는 식사를 되돌아보면 어쩔 수 없는 감상이었다.

빵 맛에 푹 빠져 있던 라티나는 자신이 큰 실수를 했음을 그제야 깨달았다.

배가 차면서 겨우 그 사실을 의식할 여유가 생겼다고 말할 수도 있었다.

"효모를 전부 써 버렸어!"

이스트도 마찬가지로 다 써 버렸다.

다시 빵을 만들려면 처음부터 똑같은 공정을 또 해야 했다. 한번 완성했다고는 하지만 다시 잘 만들어질지 알 수 없는 조건하에서 재시작인 것이다.

천진한 라티나도 눈에 띄게 울적해했다. 다시 빵을 먹으려면 아무리 빨라도 며칠 단위의 공정을 거쳐야 한다.

"……크로이츠로 돌아갈래……."

처음으로 진심에서 우러나온『돌아가고 싶다』는 말을 라티나가 흘린 순간이었다.

†

일련의 이야기를 모두 들은 케니스는 미묘한 얼굴로 라티나를 보았다.

그녀는 재차 빵에 잼을 올리는 작업에 열중해 있었다.

이렇게 잼을 고집하는 것도, 단것을 좋아하는 라티나가 단맛과 단절되어 보내야만 했기 때문이라고 생각하니 동정을 넘어 몹시 안타까웠다.

따지자면 라티나가 이토록 단것을 좋아하는 것도 디저트와 간식에 기뻐하던 어린 라티나에게 매일 부지런히 독창성 넘치는 달콤한 음식을 제공한 스승이 있었기 때문이었다.

그렇게 업무 외적으로는 제자에게 무른 스승은 두 사람에게 등을 돌리더니 재빨리 음식을 만들어 라티나 앞으로 슬쩍 내밀었다.

"와아아아아아!"

생각보다 더 크게 라티나가 환호성을 질렀다.

버터를 듬뿍 두르고 신선한 달걀과 우유를 사용해 폭신하게 구운 오믈렛은 그녀가 아주 좋아하는 음식 중 하나였다.

"맛있어…… 달걀 맛있어……."

"잘됐네."

라티나는 행복 그 자체인 얼굴로 웃으며 오믈렛을 입안 가득 넣었고, 그것을 보는 데일도 매우 행복해 보이는 얼굴이 되었다.

훈훈하고 아주 평화로운 광경이기는 했다.

하지만 이 두 사람의 본래 입장은 이국의 공주와 세계 영웅이었다.

그런 두 사람이 기뻐하며 둘러앉은 식탁에는 지극히 평범한『당연한 요리』가 차려져 있었다. 산해진미도 고급 식자재도 없는, 변두리 술집의 요리였다.

케니스는『자신이 만든 것을 기쁘게 먹는 것』에 기뻐하기 전에 왠지 눈물이 날 것 같은 심정이 되었다.

그리하여 그날 이후로 한동안『범고양이』식탁에 라티나와 데일이 좋아하는 요리가 반드시 곁들여지게 된 것은 케니스의 사소한 배려였다.

멍멍이와 멍멍이와 멍멍이. 작은 간판 아가씨와

2. 후일담.

"음. 슬슬 한번 돌아가도록 할까."

거구를 움직이며 하겔이 그런 말을 꺼낸 것은 데일과 라티나가 크로이츠로 돌아오고 몇 주가 지나 당연한 일상이 돌아온 어느 날이었다.

"돌아가는 거야?"

고개를 갸웃한 라티나에게 하겔은 고개를 끄덕였다.

"한번 체험해 보고 싶었던 인간의 『도회지 생활』도 맛보았으니."

존재 자체가 희귀한 환수 『천상랑』일 테지만 묘하게 세속적인 말을 알고 있는 것은 고향에 있는 조모의 영향일 것이라고 데일은 생각했다.

그리고 「환수도 관광 기분으로 외출하는구나.」 하고 이상한 데서 감탄했다.

"돌아가는 건가. 그건 그것대로 아쉽네."

"너랑 마시는 것도 꽤 즐거웠으니 말이지."

그렇게 반응한 것은 『범고양이』의 단골손님 아저씨들이었다. 어느새 이 환수는 아저씨들 일부와 술친구가 된 것 같았다. 전대미문의 이야기라는 것과 사고가 너무 유연한 아저씨들, 어느 쪽에 태클을 걸면 좋을지 알 수 없었다.

세계는 넓다고 하지만 환수가 눌러앉은 술집이라니, 어디에도 없을 것이다.

다소 탁해진 눈으로 데일이 친형처럼 여기는 존재이자 점주인 케니스 쪽을 보니, 아장아장 걸어 다니는 예쁜 딸을 보고 있던 케니스는 데일에게 어이없다는 시선을 돌려주었다.

"너희 할머님이 술맛을 가르쳐 준 모양이야."

"그…… 망할 할망구……!"

역시나 원흉은 데일의 조모 벤델가르드였다.

"에마 앞에서는 너무 나쁜 말 쓰지 마."

완전히 딸에게 헬렐레한 케니스지만, 데일은 그에 관해 아무 말도 할 수 없었다. 이 가게에 출입하는 자가 총출동하여 「너만은 그런 말 하면 안 되지.」 하고 지적할 것이 눈에 훤히 보였기 때문이다.

"라티나는 이런 내 곁에서도 저렇게 훌륭한 아가씨로 자랐다고."

"라티나의 친부모는 정말로 훌륭한 사람이었던 거겠지."

케니스는 쌀쌀맞게 대꾸하고서 에마를 안아 올렸다. 셋째는 아들이 좋을지 딸이 좋을지 검토하고 있는 케니스가 현역에서 은퇴한 후로 소홀히 했던 트레이닝을 최근 재개했음을 데일은 알고 있었다.

『스승』이라는 형태이기는 했지만, 보호자 중 한 사람으로서 라티나의 성장을 지켜보았던 케니스는 여자아이가 순식간에 적령기가 되어 버린다는 사실을 알았다.

지금은 이렇게나 작은 에마도 놀라운 속도로 어른이 되어 버릴 것이다.

언젠가 올 『그날』을 위해 트레이닝을 거듭한다.

그런 케니스를 보며 데일은 적잖이 생각했다.

'나보고 뭐라 할 처지가 아니란 말이지…….'

참고로 케니스는 아들보다도 딸에게 호신술로서 전투를 가르쳐야 한다고 생각했다. 살뜰한 구석이 있는 데일이 그 계획에 찬동한 덕분에 케니스의 아들과 딸은 웬만한 모험가는 상대할 수 있는 강자가 되지만, 그것은 나중 이야기였다.

마을의 일개 술집에 군대를 능가하는 과잉 전력이 모인 현재 상황은 단골손님을 포함한 모두가 눈치채지 못한 척하고 있는 현실이 되어 있었다.

하겔과 단골손님들은 오랜 친구 같은 분위기로 이별을 아쉬워하며 온화한 대화를 이어갔다.

"네 모습을 보고 깜짝 놀란 신출내기가 바닥을 기어 다니는 것도 일상다반사였는데 말이야."

그것은 훌륭한 영업 방해이지 않을까.

"이 정도 일로 서 있지도 못한다면 전장에서는 쓸모가 없어."

"그렇지. 뭐, 다소 기골이 있는 녀석은 지금 바실리오와의 중계점에 가 있으니까 어쩔 수 없긴 하지만."

으하하, 크게 웃는 아저씨들 속에 당연하게 섞여 있는 거대한 짐승.

"……그다지 위화감이 없다는 게 오히려 심각한 문제 아닐까?"

"새삼스럽다는 의견 쪽이 많아서."

"그러고 보니 하겔의 술값은 누가 내고 있어?"

"그건 라티나가 내고 있어. 『사룟값』은 자신이 부담해야 한다면서."

보통 『기르는 개의 사룟값』에 술값은 포함되지 않는다고 아무도 말하지 않은 걸까. 데일은 생각했다.

새삼스러웠다.

그런 데일 앞에서 라티나는 또다시 고개를 갸웃했다.

"하겔만? 빈트는 어떻게 돼?"

라티나는 현재 이 가게의 장남인 테오와 함께 밖에서 즐겁게 놀고 있는 또 다른 『개』의 이름을 거론했다. 그런 라티나에게 하겔은 재차 「음.」 하고 대답했다.

"일단 그것도 데리고 돌아가겠어. 내자도 슬슬 모습을 보고 싶어할 무렵일 테니."

"내자?"

낯선 단어에 라티나가 고개를 갸우뚱하자 단골손님이 보충 설명해 주었다.

"아가씨. 부인을 말하는 거야."

"하겔의 아내…… 빈트의 엄마?"

"음."

환수가 당연하게 부부 관계를 구축하고 있는 것에 어째서 아무도 태클을 걸지 않는 것일까, 데일은 생각했다.

같은 인간이면서도 바실리오에서는 문화 차이 때문에 『혼인 관계』

를 이해받지 못했는데 환수와는 어째서 이야기가 통하는 것일까.
이문화 커뮤니케이션의 심연을 본 듯한 기분이 들었다.
"원만한 부부 관계의 비결을 아가씨도 들어 두는 게 좋지 않겠어?"
단골손님의 말에 라티나가 살짝 뺨을 물들였다.
부끄러워하는 라티나의 모습을 보고 주위 손님들은 놀리듯 웃었다.
야수에게 그것을 묻는 건가.
데일의 마음속 태클은 이미 상황에 뒤처져 있었다.
"수컷은 혼자 존재하는 것이 아니야. 암컷의 위신을 잘 세우는 것이야말로 무리 전체를 원만하게 아우르는 비결이지."
"너도 정말 고생하고 있구나!"
아저씨들이 마시라는 듯 하겔 앞에 놓인 색접시에 술병을 기울였다. 평소 『범고양이』에서 쓰이지 않는 색접시가 하겔 전용 술잔이었음을 뒤늦게 깨달은 데일은 참지 못하고 태클을—.
"진리다."
"진심이야?"
……걸려고 했지만, 그 직전에 결혼 생활의 선배인 케니스가 진지한 얼굴로 동의해서 꺼내려던 말을 삼켰다. 알콩달콩하다는 말로는 표현할 수 없을 만큼 여전히 달콤하기만 한 약혼 기간을 만끽 중인 데일은 알 수 없는 고난이 세상의 부부 사이에 숨어 있는 모양이었다.

그리고 다음 날, 하겔은 『춤추는 범고양이』의 뒷마당에서 그 날개를 펼쳤다.

커다란 날개를 묵직하게 퍼덕이고 간결한 인사를 남겼다.

"그럼 다음에 또 보지."

그리고 대답을 기다리지도 않고 하겔은 하늘로 날았다. 아득한 머리 위로 올라간 짐승이 망설임 없이 티스로우가 있는 방향으로 몸을 돌려 동쪽으로 진로를 잡았다.

뒤늦게 빈트가 나는 척하더니 꼬리를 흔들며 라티나에게 머리를 비비적비비적 문질렀다.

"다녀오겠습니다."

"조심해, 빈트. 어머니한테도 안부 전해 줘."

라티나와 그런 인사를 나눈 빈트는 마을 끝자락에 있는 남문 방향으로 종종종 걸어갔다.

후에 데일은『개 주인』으로서 현병에게 엄청나게 혼났다.

일단『개』로 통용되고 있는 이상, 마을 안에서 섣불리 나는 것은 매우 좋지 않았다. 그 점에서는 크로이츠 남쪽에 있는『숲』을 놀이터로 삼고 있어서 늘 크로이츠 남문을 출입하고 있는 빈트 쪽이 잘 처신하고 있었다. 이미 빈트는 남문 문지기와 얼굴을 익힌 사이였다.

본래 크로이츠 내부로 들어오려면 통행료를 내야 했다.

그래서 데일은 문지기에게 의문을 나타낸 적도 있었지만「넌 개한테 돈을 받아?」하고 진지한 얼굴로 질문받는 결과가 되었다. 데일로서는 묘하게 납득할 수 없는 주위의 대응이었다.

그리고 일주일쯤 귀향해 있던 빈트가 크로이츠로 돌아왔다.

변함없이 마이페이스인 모습으로『춤추는 범고양이』에 들어온 빈트는 살랑살랑 꼬리를 흔들며 곧장 라티나에게 귀환을 보고했다.

"다녀왔습니다."

"어서 와, 빈……트?"

들떴던 라티나의 목소리가 의문부와 함께 작아져서 데일도 이상을 알아차렸다.

라티나와 그녀가 맞이한 빈트 쪽으로 시선을 돌렸다.

『범고양이』 입구 부근에서 꼬리를 흔드는 빈트는 얼핏 보면 평소와 똑같은 모습이었다. 라티나가 직접 만든 판초 형태의 의복은 빈트의 날개를 숨기기 위한 것이었으나, 이제는 완전히 트레이드 마크가 되었을 만큼 빈트가 그것을 입은 모습도 일상적이었다. 지금은 그것도 여행하며 묻은 먼지 때문에 조금 지저분했다.

데일이『얼핏 보면』이라고 단서를 단 위화감은 곧장 확실해졌다.

빈트가 입은 옷이 꼼지락꼼지락 움직이고 있었다.

산전수전 다 겪은 데일도 가슴이 철렁하여 자리에서 일어났다.

"뭐야?"

"어떻게 된 거야?"

데일과 라티나의 의문에 대한 빈트의 대답은 이해하기 힘든 것이었다.

"태어나 있었다."

그 대답의 의미를 되물으려고 한 순간, 툭, 툭, 툭, 털 뭉치 세 개가 굴러떨어졌다.

"오고 싶다기에, 어쩔 수 없이."

입으로는 「어쩔 수 없다」면서도 빈트에게서는 그런 모습이 전혀 보이지 않았다. 평소와 같은 마이페이스였다.

털 뭉치를 자세히 보니 날개를 지닌 강아지 같은 생물임을 알 수 있었다.

"데려와 버렸다."

데헷 하는 얼굴인 환수 앞에서 빈트와 똑같은 색깔의 털 뭉치 두 개와 검은색 털 뭉치 하나가 비슷한 자세로 고개를 갸웃했다.

데일이 멍하니 바라보는 가운데, 세 털 뭉치가 높은 소리로 울었다.

"깽." "깽." "멍."

그것을 듣고 묘하게 납득한 얼굴로 데일은 고개를 끄덕였다.

"빈트와 달리 확실히 개처럼 우는구나."

"컹."

"네 소리는 인위적이야."

그렇게 대화하는 데일과 빈트를 내버려 두고서 세 마리 털 뭉치는 일제히 라티나 곁으로 향했다. 주위를 빙글빙글 돌고 응석 부리는 소리를 내며 그녀의 무릎에 올라가려고 했다.

"흐아아……."

동물을 좋아하는 라티나는 현재 상황에 태클을 거는 것도 까맣게 잊고서 무릎을 굽혀 털 뭉치 세 마리를 한꺼번에 안아 들었다. 그대로 끌어안자 털 뭉치들은 기뻐하며 그녀의 뺨을 할짝할짝 핥았고, 라티나도 기뻐하며 웃었다.

끌어안는 것만으로는 충분히 예뻐할 수 없었던 그녀는 자신의 무릎 위에 세 마리를 내리고서 열심히 쓰다듬기 시작했다. 털 뭉치들도 그것이 만족스러운지 아주 기분 좋다는 듯 눈을 가늘게 뜨고서 복슬복슬한 배를 드러냈다.

"……어쩌지, 데일. 강아지 귀여워!"

"아, 겨우 돌아왔구나."

완전히 주위를 잊고 털 뭉치에 몰두해 있었던 라티나가 이성을 되찾을 때까지 잠시 시간이 걸렸다.

그런 라티나를 예뻐하는 것도 데일에게는 일상이었기에 말없이 방치해 두었던 것이다.

"빈트, 이 강아지들은 뭐야."

날개를 보고 『천상랑』의 새끼임은 추측할 수 있었다. 하지만 너무 어리기 때문인지 강아지들은 사람 말을 못 하는 것 같았다.

"남동생, 여동생, 남동생."

"빈트의 형제 개들?"

그러고 보니 세 마리 중 두 마리의 털은 빈트와 비슷한 회색이었다. 하지만 빈트와 비교하면 솜털 같은 느낌이었다.

이미 모조리 『개』로 부르고 있지만, 그 점은 아무도 의문으로 여기지 않았다. 『개』의 기준이 이 가게에서는 크게 어긋나 있었다.

"어느새 태어나 있었다."

"그런 거야?"

"대디도 깜짝."

"아…… 나랑 세계를 돌아다니는 사이에 태어난 건가."

마왕 섬멸 여행도 이미 데일에게는 과거의 일이라 마치 세계 유람 여행 같은 뉘앙스였다. 살해당한 마왕이 편히 성불하지 못할 인정사정없는 용사의 소행이었다.

"그러고 보니 하겔은?"

빈트 혼자 귀가한 것에 라티나가 의문을 표하자 빈트는 태연히 대답했다.

"마미랑 염장질."

아빠에게도 가차 없었다.

"또 늘어날지도."

"깽." "깽." "깽."

강아지들도 비슷하게 대답하는 것을 보면 사람 말을 이해는 하는 듯했다. 그리고 강아지들도 그렇게 생각할 만큼 하겔과 아내의 사이는 좋은 모양이었다.

"뭐…… 날 따라와 줬을 때, 무리의 우두머리에서 은퇴했다고 했으니 말이지."

"그랬어?"

"시간이 많겠지."

하겔은 은퇴 후 제2의 견생을 만끽하고 있는 듯했다. 그런 점에서 빈트의 마이페이스인 부분이 느껴지는 아빠였다.

"대디랑 마미, 오붓하게, 러브러브."

이 개도 『범고양이』에서 오래 지내면서 나날이 미묘한 어구를 말하는 일이 늘고 있다고, 데일은 갑자기 그런 생각에 사로잡혔다.

강아지들의 사랑스러움에 완전히 매료된 라티나는 물론이고, 유감스러운 상태가 일상화되고 있는 데일도 까맣게 잊고 있었지만—.

이 직후 『범고양이』는 단골손님들을 긴급 소집한 회의장이 되었다.

"케니스, 일단 가게 문을 닫아!"

"리타, 미안하지만 임시 휴업하고 일반 손님의 출입도 제한할게."

"어쩔 수 없네. 테오, 에마랑 2층에 가 있어. 동생 잘 돌봐야 한다?"

"헌병대 대기소에는 이미 사람을 보냈어. 금방 대장이 올 거야."

허둥거리는 이들을 보며 라티나는 이상하다는 얼굴로 털 뭉치들을 예뻐하고 있었다.

한편 데일은 그제야 겨우 머릿속 회로가 연결된 것처럼 반응했다. 진지한 용사 기간을 극복한 반동은 상당히 심각한 듯했다.

"……큰일이잖아!"

"멍?"

"전투력이라고는 전혀 없는 이런 강아지여도 환수야. 황금을 뿌려서라도 얻고자 하는 호사가나 환수를 소재로 삼고 싶어 하는 장인이 나타날 수도 있어."

"아……."

그제야 라티나도 『기르는 개』가 환수라는 희소한 생물임을 떠올린 모양이었다.

그런 라티나에게 안긴 빈트의 동생들은 그녀의 손끝을 아프지 않게 살짝살짝 깨물고 있었다. 어떻게 봐도 살상 능력 제로인 털 뭉치들이었다.

“이 강아지들한테 무슨 일이 생기면 마을에 있는 천상랑들이 보복하러 오겠지.”

케니스의 말을 듣고 라티나는 곤란한 얼굴로 빈트를 보았다.

그것은 빈트가 크로이츠에 처음 왔을 때도 문제가 됐던 사실이었다. 하늘길을 이용할 수 있는 천상랑들에게 이 크로이츠라는 장소는 결코 멀지 않은 도시였다. 그리고 동료 의식이 강한 생물이기에, 강아지들에게 무슨 일이 생길 시 환수 무리가 크로이츠를 습격하러 올 가능성도 부정할 수는 없었다.

빈트는 강아지라고 해도 이미 자신의 재량으로 대처할 수 있는 능력을 가지고 있었다. 하겔에 이르러서는 걱정하는 쪽이 바보 같았다. 하지만 이 털 뭉치 같은 강아지라면 이야기가 다르다.

그렇게 라티나가 곤란한 얼굴로 보아도 빈트는 여전히 당사자 의식이 없는 모습이었고, 뒷발로 등을 벅벅 긁고 있었다.

한동안 열렬한 의논을 나눈 일동은 한숨을 쉬며 결론에 이르렀다.

“역시…… 그렇겠지.”

“그게 제일 무난해.”

“저 녀석이 제일 한가한걸.”

회의에 소집된 이들은 각각 그런 말을 하며 데일을 보았다.

남들이 그렇게 쳐다보든 말든 데일은 털 뭉치들과 장난치며 노는 라티나를 보고 있었다. 동생들에게 질투한 빈트가 라티나에게 달라붙은 털 뭉치들을 앞발로 휙휙 몰아내더니 라티나의 무릎에 머리를 턱 올렸다. 라티나가 쓰게 웃으며 머리를 쓰다듬자 기분이 풀려서 기쁘게 꼬리를 붕붕 흔들었다.

빈트에게 쫓겨난 강아지들도 그 정도로 좌절하지는 않았다. 두 마리는 빈트 옆을 돌아 라티나 곁으로 되돌아갔고, 한 마리는 빈트의 등을 기어올라 라티나를 동그란 눈으로 쳐다보았다.

"(동물과 함께 노는 라티나도)귀여워."

"정말로 귀엽다."

데일의 속마음 부분은 눈치채지 못한 모습으로 라티나는 웃으며 반응했다. 데일은 눈을 가늘게 좁히면서도 빈트에게 말을 걸었다.

"빈트, 『오고 싶다기에』라는 건…… 이 강아지들의 목적은."

"물론 라티나."

"역시……."

그녀의 쓰담 스킬은 이미 천상랑들 사이에서 전설적인 것 같았다.

"대디도 반질반질 털로 멋짐 폭발."

"라티나의 브러싱 때문인가……."

"마미랑 더더욱 알콩달콩. 아마 늘어난다."

"깽." "깽." "깽."

강아지들도 동생이 더 늘어나는 것에는 호의적인 듯했다.

"사이가 좋구나."

"러브러브."

라티나는 정말로 갯과 생물에게 사랑받는 모양이었다. 강아지들은 라티나 옆에서 전혀 떨어질 기미가 없었고, 빈트는 그런 동생들의 모습을 당연하게 보고 있었다.

그리고 데일은 그제야 자신에게 모인 주위의 시선을 알아차렸다.

"……뭐야?"

"아니, 그 강아지들의 목적은 라티나잖아?"

"그런 것 같네."

모두를 대표해 말하기 시작한 케니스에게 데일은 고개를 끄덕여 대답했다.

"그렇다면 강아지들은 라티나 근처에 있는 시간이 제일 길 거 아니야."

"뭐, 그야……."

"필연적으로 강아지의 책임자는 너라는 것으로 결론이 났어."

"뭐?"

데일이 되묻자 주위에서 미적지근한 시선을 보냈다.

"너 최근 라티나 옆에서 안 움직이잖아."

"아가씨 엉덩이 보는 김에 강아지들도 봐."

"엉덩이만 보고 있진 않아!"

데일이 반론하는 포인트는 이상했다.

"라티나 곁을 떠나지 않아도 될 이유가 생겨서 너한테도 만만세잖아."

리타의 말에 아주 싫지는 않다는 듯 「그것도 그런가」 하고 반응하는 그는 여러 가지로 말기였다.

"그리고 이 중에서 네가 최대 권력자야. 실력적으로도, 어지간히 바보가 아닌 이상 너한테 덤빌 녀석은 없어."

"강아지들에게 최강의 호위는 네가 되는 거지."

현재, 세계적인 구국의 영웅인 『백금의 용사』는 이 도시의 영주인 클라인미펠 백작보다도 공식적으로 큰 발언력을 지니고 있었다.

영웅담에 나오는 용사처럼 수많은 마왕을 타도한 위대한 전사이기도 했다. 실력 행사로 그를 이길 수 있는 자는 — 규격을 벗어난 마족이 된 현실을 포함해 — 존재하지 않았다.

"빈트, 아무리 그래도 강아지들을 여기서 키울 순 없어."

책임을 떠맡았음을 깨닫고 데일은 마치 부모가 아이에게 「주워와도 우리 집에서는 못 키워!」라고 말하는 듯한 얼굴로 빈트를 보았다.

하지만 그 상대도 『개』였다. 상당히 아스트랄한 광경이었다.

"대디랑 마미, 오붓한 시간 끝나면 돌려보낸다."

"응? 놀러 나온 감각인 건가?"

"끼잉~." "끼잉~." "깽."

강아지들은 응석 부리는 소리로 울고 꼬리를 흔들며, 조금 안도한 표정이 된 데일을 에워쌌다.

"그럼 잠시 지내다가 돌려보내는 거지?"

"돌려보낸다."

빈트를 따라 강아지들도 한목소리로 「킁킁」 하고 콧소리를 냈다. 라티나는 아니지만, 확실히 폭신폭신한 털도 동그란 눈망울로 쳐다보는 모습도 사랑스러운 강아지들이었다.

데일도 딱히 동물을 싫어하지는 않았다.

고향에서는 사냥할 때 사냥개를 데려가는 일이 보통이었고, 강아지가 태어났을 때는 남동생과 함께 개집을 들여다보러 가기도 했었다.

"……."

잠시 머무르는 거라면 괜찮으려나, 하는 쪽으로 마음이 기울고 있는 데일을 보며 라티나는 어떤 사실을 깨달았다.

'역시 빈트의 동생들이라…….'

강아지들이 의도적으로 귀엽게 행동하고 있음을 눈치챈 것이다.

하지만 그녀는 그것을 악의나 책략이 아니라 빈트와 마찬가지로 「요령이 좋다」고 편안히 받아들였다.

'뭐, 귀여우니까 됐나.'

그리고 무엇보다 라티나는 복슬복슬 멍멍이의 유혹을 이길 수가 없었다.

복슬복슬 멍멍이의 갑작스러운 방문에 기뻐한 것은 라티나뿐만이 아니었다.

『범고양이』에서 긴급회의가 종료되며 아래층으로 내려올 수 있게 된 에마는 살아 있는 인형 같은 복슬복슬 털 뭉치들을 보자마자 환호성을 질렀다.

"꺄아~!"

강아지들도 에마가 자신들에게 호의적인 감정을 지니고 있음을 이해하고서 꼬리를 흔들며 애교 있게 울었다.

에마가 태어나기 전부터 빈트는 『범고양이』에 있었다.

하지만 빈트는 테오와 노는 일이 많았다.

어릴 때부터 환수와 함께 논 테오는 기본적인 운동 능력이 높아서, 술래잡기를 하더라도 어린 에마가 도저히 함께할 수 있는 차원이 아니었다.

게다가 라티나가 행방불명됐던 시기에 에마는 철도 들지 않은 갓난아기였다. 그 무렵 빈트는 바실리오와 크로이츠를 빈번히 오가느라 『범고양이』에 있는 시간이 한정되어 있었다. 에마가 빈트와 지내는 시간은 아무래도 많지 않았다.

에마는 태어났을 때부터 천상랑(멍멍이)과 함께 자랐지만 빈트는 오빠가 독점하고 있는 『개』이기도 했다.

그리고 최근 『범고양이』에 돌아온 라티나에게도 에마는 아직 조금 낯을 가리고 있었다.

갓난아기였을 때는 함께 지냈다고 하지만 기억이 나지 않으니 불과 며칠 전에 만난 타인이나 다름없었다. 오빠인 테오에게 라티나는 『정말 좋아하는 누나』라서 그녀가 돌아온 이후로 그는 당연하다는 듯 동생처럼 굴었다. 그것도 에마에게는 놀라웠다.

미인이고 다정한 『언니』가 신경 쓰이기는 했다. 하지만 에마는 어떻게 거리를 좁혀야 할지 알 수 없었다.

그때 나타난 것이 복슬복슬 털 뭉치들이었다.

강아지들은 에마에게도 친근하게 꼬리를 흔들었으나 역시 가장 따르는 것은 라티나였다. 강아지들과 놀고 싶으면 라티나 곁으로 가야 했다.

그리고 아이를 좋아하고 잘 돌보는 라티나는 근처에 가기만 한다면 자신을 신경 써 준다는 것을 에마는 이해하고 있었다.

그렇게 되니 필연적으로 라티나에게 찰싹 붙어 있는 데일에게도 다가가게 되었다.

데일도 원래 아이를 좋아했고, 돌보는 것을 고생으로 여기지 않았다. 에마가 근처에 있으면 라티나 다음으로 신경 써 주기는 했다.

에마를 몹시 아끼는 부친(케니스)도 데일이 결코 딸에게 해코지하지 않음을 알고 있었다. 사랑하는 딸이 성장한 뒤에도, 라티나(우리 딸)를 최상으로 생각하는 데일은 결코 다른 집 딸내미에게 손대지 않을 것이다. 안심할 수 있는 안전한 상대라고 할 수 있었다.

현 단계부터 그런 걱정을 시작하는 점을 보면 케니스도 데일을 『딸바보』라며 뭐라 할 수 없는 상황이었다.

『범고양이』에 털 뭉치들이 늘어났어도 라티나의 하루는 크게 바뀌지 않았다. 케니스와 함께 『범고양이』를 청소하고, 주방에서 열심히 작업을 소화했다. 라티나는 주방에서 빈트가 놀지 못하게 했다. 강아지들은 라티나가 청소하는 동안 졸졸 쫓아다녔지만, 주방에 돌아가는 그녀를 쫓아가려고 하면 충견 빈트가 그 앞을 막았다.

에마에게는 강아지들을 독점할 기회였다. 빈트 옆에 웅크려 앉아 강아지들을 마구 쓰다듬었다. 그렇게 작은 간판 아가씨가 즐거워하는 모습을 바라보며 단골손님 아저씨들은 흐뭇하게 미소 지었다.

라티나는 천상랑들이 주방에 들어가는 것 자체를 금지하지는 않았다. 주방 안쪽에 있는 계단은 방으로 가는 동선이었고, 특히 빈트는 겨울철에 데일과 라티나의 거처인 다락방에서 취침했다. 그리고 테오와 빈트가 가장 빈번히 노는 장소인 뒷마당으로 나가기에도 주방을 지나는 것이 빨랐다.

뒷마당은 쉽게 눈으로 확인할 수 있기에, 에마가 강아지들과 노는 모습을 어른들이 지켜보기에도 좋았다.

라티나는 휴식 시간에 짬을 내어 낡은 천 조각으로 공을 만들었다.

가게 안에서 놀고 있는 에마와 강아지들을 불러 뒷마당으로 나가서 강아지들에게 공을 보여 주고 휙 던졌다.

털 뭉치들은 일제히 튀어 나갔다. 회색 수컷 강아지가 제일 먼저 공에 도달했다. 하지만 물기 전에 장난치기 시작해서 회색 암컷과 검은색 수컷에게 따라잡히고 말았다. 그 결과, 세 마리는 경단 상태가 되어 공 쟁탈전을 벌이게 되었다.

조그만 빈틈을 파고들어 공을 잡는 데 성공한 것은 검은 강아지였다. 곧장 라티나에게 가져왔다. 그녀 앞에 순순히 공을 툭 내려놓더니 칭찬해 달라는 얼굴로 라티나를 보았다.

라티나는 강아지들을 쓱쓱 쓰다듬으며 반짝거리는 눈으로 쳐다보는 에마에게 공을 건넸다.

에마의 전력투구는 고작 몇 걸음 앞에 툭 떨어지는 결과가 됐지만, 강아지들은 눈을 빛내며 재차 덤벼들었다.

강아지들의 모습에 꺄르륵거리는 에마를 보고 라티나도 자상하게 웃었다.

강아지들은 에마에게도 얌전히 공을 넘겨주었지만, 이내 에마가 공을 던지기 전에 뺏어 버리자는 사고에 이른 것 같았다. 에마는 뺏기지 않으려고 공을 든 채 달리기 시작했고, 어린 아이와 강아지들은 한 덩어리가 되어 놀게 되었다. 그리고 약속된 일처럼 아이는 훌륭하게 넘어졌다.

넘어진 에마는 먼저 무슨 일이 벌어졌는지 모르겠다는 표정을 지었다.

아프다기보다 깜짝 놀란 얼굴이 된 에마가 울먹이게 된 것은 자신의 까진 무릎을 보았을 때였다.

에마는 그저 아픔을 깨닫고 울음을 터뜨리는 것이 늦어졌을 뿐이었지만, 라티나는 빠른 걸음으로 에마 곁에 오더니 그녀를 꼭 끌어안고 칭찬해 주었다.

"에마, 울지도 않고 장하네."

라티나의 다정한 목소리를 듣고 에마는 울음을 참을 수 있었다. 라티나는 에마의 그 노력도 알아차리고서 장하다며 더욱 머리를 쓰다듬었다.

라티나는 에마의 치마에 묻은 흙을 익숙한 손길로 털어 내고 주방 뒤편에 있는 수돗가에서 그녀의 무릎을 씻었다. 상처를 확인한

다음, 상비하고 있는 연고를 얇게 발랐다.

회복 마법 사용자인 라티나가 에마의 상처를 마법으로 치유하지 않는 것에도 이유가 있었다.

생명에 지장이 있을 만큼 상처가 심하거나 시급한 처치가 필요한 경우라면 사용을 주저하지 않겠지만, 어린 에마가 『상처는 **간단히 낫는 것**』이라고 의식하게 되는 것은 대단히 위험한 일이기 때문이다.

그 부분에서 데일은 비교적 엄격하여 테오가 태어난 직후부터 라티나에게 단단히 일러두었다. 이것은 그의 고향이 회복 마법 사용자가 많은 특수한 환경이었기에 터득한 법칙이었고 필요한 조치였다.

매일 뛰어다니며 상처투성이가 되는 테오를 보고 안절부절못하던 라티나도, 그럼에도 테오가 씩씩하게 자라는 것을 본 이후로는 과도한 보호가 소중한 『동생』을 위한 일이 아님을 이해하게 되었다.

그 경험이 있기에 라티나도 에마의 상처에 침착하게 대처할 수 있었다.

"자, 이제 괜찮아. 쓰라리진 않니?"

에마가 고개를 끄덕이자 라티나는 상냥하게 생긋 미소 지었다.

"장하네, 에마. 잘 참았어."

라티나가 에마의 상처를 치료하는 동안에도 바쁘게 주위를 뛰어다니던 털 뭉치들은 이윽고 자신들도 신경 써 달라면서 꼬리를 흔들며 라티나의 다리에 달라붙었다.

그런 사랑스러운 강아지들을 보고서도 라티나는 현재 진행형으로 『잘 참고 있는』 에마를 우선했다.

그 사실을 안 에마는 지금껏 제대로 어리광 부릴 수 없었던 『언니』에게 응석을 부려 보기로 했다.

"언니."

하지만 익숙하지 않은 말을 꺼내니 부끄러워져서 라티나에게 꼭 안겼다.

그런 일련의 상황도 데일은 부엌문 앞에 털썩 앉아서 보고 있었다.

라티나가 놀아 주지 않으니 어쩔 수 없다는 듯 회색 수컷 강아지가 데일 곁으로 달려왔다. 만지는 걸 허락해 주겠다는 얼굴로 복슬복슬한 털을 어필하고 있었다.

데일은 그것을 안아 올려 배를 만졌다. 싫어하며 이빨을 세워도 데일은 전혀 개의치 않았다.

'라티나는 정말로 좋은 엄마가 될 것 같아.'

그러면서 떠올리는 그의 생각은 헤벌쭉하게 풀어진 표정도 아울러서 다른 사람에게 보일 수 없을 만한 유감스러운 내용이었다.

†

털 뭉치들의 귀가는 한 달도 채 지나지 않아 이루어지게 되었다.

처음으로 그 사태를 알아차린 것은 크로이츠의 치안 유지를 담당하는 헌병대 사람들이었다.

크로이츠를 다스리는 클라인미펠 백작이 다른 영지에서는 거의 보이지 않는 『헌병』이라는 부대를 두고 있는 것은 무력을 지닌 『모험가』가 크로이츠에 다수 존재하기 때문이었다. 모험가들에게도 암묵적인 규칙과 자치 조직이 기능하고 있기는 하지만 그렇다고 전부 맡길 수도 없었다. 그래서 도시의 치안 유지가 주요 임무인 조직을 두고 있었다. 직무 관계상 도시의 벽을 지키는 문지기도 헌병대의 일원이었다. 그 외에 백작은 자신의 영주관과 도시 자체를 외적으로부터 지키기 위한 위병과 사병도 가지고 있지만, 마을 사람들이 주로 엮이게 되는 것은 헌병들이었다.

그래서 본래 외벽 위에서 도시 외부를 경계하는 위병들은 헌병과 다른 조직에 속해 있었다.

하지만 같은 영주를 섬겼고 대기소도 가까워서 교류가 없지는 않았다.

그렇기에 헌병대 대장은 크로이츠를 향해 여러 그림자가 다가오고 있다는 정보를 얻었다. 처음에는 반쯤 흘려들었고 위병들도 심각하게 여기지는 않는 것 같았다. 하늘을 나는 마수나 새가 무리를 이루어 이동하는 일은 결코 드물지 않기 때문이다.

그러다가 그림자의 특징을 통해 어떤 사실에 생각이 미친 그는 온몸에서 식은땀이 샘솟는 것을 느꼈다.

곧장 『범고양이』로 부하를 보내 긴급 대책 본부를 설립시켰다.

그가 『범고양이』에 도착했을 때 이미 주요 멤버는 그 자리에 모여 있었고, 그 중심에 빈트가 다소곳이 『앉아』 있었다. 빈트와 털색이 똑같은 동생들은 비슷한 자세로 앉아 주위를 바라보고 있었다. 어떤 놀이라고 생각하고 있을지도 모른다.

모두의 주시를 받으며 빈트는 데헷 하는 얼굴을 하고서 대장이 예측한 사태가 맞음을 긍정했다.

“마미 냄새가 다가온다.”

크로이츠에 환수 무리가 날아오고 있음이 확정된 순간이었다.

“……위병들이 정체를 눈치채는 것도 시간문제야.”

헌병대와는 다른 조직이기에 대장인 그의 권한으로도 간섭할 수는 없었다.

“토벌대가 편성되겠지.”

“뭐, 그렇게 되겠지.”

“원래 그게 평범한 반응이지…….”

영웅담이나 전설 등에나 나오는 환수라는 존재가 변두리 술집 점원의 브러싱을 받고 싶어서 개로 살고 있다는 사태는 일어날 리가 없는 상황이었다.

이 혼돈을 일상적으로 보고 있는『단골손님』이외의 자에게 설명해 봤자 이해받지 못할 것이다.

“『범고양이(우리 가게)』의 단골 모험가라면…… 사태는 헤아려 주겠지만, 이 도시에 있는 모든 모험가가『범고양이』를 이용하고 있는 건 아니고…….”

리타가 한숨을 쉬며 말했다. 케니스도 아내와 비슷한 목소리로 말을 이었다.

“욕심에 사로잡힌 모험가가 무모하게 돌격했다가 도리어 당하는 건…… 뭐, 둘째치더라도. 의협심에 나섰다가 죽기라도 하면 불쌍한 영혼 하나 만드는 꼴이니 말이야.”

“아무리 환수라고는 하지만 저쪽도 무사하지는 못할 테고…….”

본래 희귀한 마수 등을 사냥하여 삶의 양식으로 삼는 것이 모험가다. 그것을 막을 권리는 누구에게도 없었다. 『춤추는 범고양이』가 많은 모험가에게 알려져 있다고는 해도 강제할 수는 없었다.

“오늘부터 매일 잔업이겠군…….”

이야기가 어떻게 굴러가든 뒤처리에 쫓길 것이 확정된 헌병대 대장은 현기증이 난다는 얼굴로 한숨을 쉬었다.

“……내가 강아지들을 데리고 크로이츠 밖으로 나갈까?”

그런 모두의 모습을 보고 라티나가 말했다.

의자에 앉은 그녀는 무릎 위에 에마를 올리고, 그 에마의 무릎 위에 검은 강아지를 올리는 2단 쌓기 상태였다.

라티나의 제안에 얼굴을 든 사람들은 이윽고 일제히 고개를 가로저었다.

“그건 안 돼, 아가씨.”

“상황이 악화될지도 몰라.”

“이 이상 늘어나면 역시 무리야.”

라티나가 섣불리 천상랑과 접촉하면 그녀에게 매료된 『멍멍이』가 지금보다 더 늘어날 가능성이 급격히 커져 버린다. 원만하게 귀가시키려는 교섭에 나섰다가 그대로 멍멍이 무리를 줄줄 데리고 돌아

올지도 모른다.

"역시 네가 갈 수밖에 없겠어."

"뭐…… 그렇겠지."

케니스가 데일의 어깨를 두드리자 그는 한숨을 한 번 쉬며 수긍했다.

라티나만큼 환영받고 있지는 않지만 데일은 천상랑들과 면식이 있었다.

데일은 전혀 반성하는 얼굴이 아닌 빈트의 머리를 가볍게 툭 치며 일어났다.

"너도 당연히 같이 갈 거야."

"멍."

그리하여 『춤추는 범고양이』 긴급 대책 본부는 진상을 은폐한 채, 사태를 시급히 수습하기 위해 빈트와 함께 데일을 크로이츠 밖으로 비밀리에 내보냈다.

『비밀리』라고 말한 것에도 이유가 있었다. 긴급 대책 본부가 걱정한 대로 얼마 지나지 않아 위병도 날아오는 그림자의 정체를 알아차렸다. 안전상의 문제와 대책 수립이라는 명목으로 문 출입이 크게 제한되었는데, 그런 와중에 데일은 멍멍이를 데리고서 평소 이용하는 남문으로 크로이츠를 나간 것이다.

그런 점도 포함하여 헌병대의 전면적인 협력에 의한 은폐 공작이었다.

크로이츠 밖으로 나온 데일은 이미 육안으로 확인할 수 있을 만큼 커진 천상랑들의 그림자를 확인하고서 빈트를 곁눈질로 보았다.

"빈트, 마을에서 조금 떨어진 곳으로 유도할 거야. 『바람』 마법이든 뭐든 사용해서 저쪽이 우리를 눈치채게 할 수 있어?"

"해 보겠다."

『바람』 마법에 관해서는 아빠 늑대의 보증을 받은 빈트다. 빈트는 마법으로 지향성을 설정하고 포효했다. 그림자의 움직임이 뚝 멈췄다.

"눈치챘나 보네…… 이동하자."

그렇게 말하고서 달리기 시작한 데일의 속도는 『인간의 속도』를 뛰어넘은 것이었다. 처음에 빈트는 깜짝 놀란 반응을 보였지만 이내 기뻐하며 전력으로 쫓아갔다. 도중부터 빈트가 목적을 잊고 술래잡기 기분으로 즐겼다는 것은 목적지에 멈춰 선 데일에게 달려든 것으로 실증되었다.

"이 바보 개!"

"컹!"

재빠른 몸놀림으로 빈트를 피한 데일은 머리에 가벼운 일격을 먹였다. 그것으로 상황을 떠올린 빈트는 얼버무리듯 자신의 털을 혀로 고르기 시작했다.

데일이 천상랑들을 유도한 곳은 그가 왕도로 소집될 때 비룡의 발착 장소로 쓰이는 공간이었다.

데일과 빈트가 올려다본 하늘에서 천상랑 여러 마리가 내려왔다. 선두에 있는 것은 데일도 면식이 있는 호리호리한 검은색 천상랑이었다. 데일은 예전에 하겔에게 조력을 구하기 위해 천상랑 마을을 방문했었다. 그때 빈트의 엄마인 『그녀』와 말도 나누었다. 하겔이나 빈트처럼 유창하게 사람 말을 하지 못하는 칠흑색 개체였다.

저쪽도 데일을 기억하고 있는 듯했다.

망설이지 않고 데일 바로 옆에 유연한 동작으로 소리 없이 착지했다. 그 칠흑색 개체를 향해 빈트가 살랑살랑 꼬리를 흔들었다.

"마미."

그런 빈트와 데일을 다갈색 눈으로 본 『그녀』는 여성스러움이 느껴지는 높은 목소리로 말했다.

"정말로 우리 아이, 항상 폐 끼치고 있습니다."

데일에게는 『변함없는』 일이었지만, 『그녀』는 그 한마디만큼은 꽤 능숙했다.

"아뇨, 폐라니요……."

그렇게 상투적으로 대답한 데일은 일순 생각에 잠겼다. 빈트는 폐를 끼치고 있는가?

'마이페이스지만, 라티나의 짐을 들어 주거나 테오랑 놀아 주기도 하고…… 이 녀석, 의외로 일하고 있네.'

일반적인 『번견』보다도 활약하고 있을지도 모른다.

하지만 평소에 너무 마이페이스인 모습을 자주 보여서 칭찬해 줄 기분은 들지 않았다.

그렇게 답을 얻은 데일은 다시 엄마 늑대를 보았다. 빈트 상대로는 칭찬하고 싶지 않지만, 제 새끼를 걱정하고 있을 터인 어미가 상대라면 그럴 순 없었다.

"자신이 맡은 소임도 다하고 있고, 정말로 잘하고 있으니 걱정하실 필요는 없습니다."

"아뇨아뇨. 정말로 매번 폐만 끼치고……."

"아뇨아뇨."

대화만 보자면 보호자 간의 흔한 인사 같지만 상대는 환수(개)였다. 혼돈이었다.

데일의 시야에 살짝 들어온 빈트는 의기양양한 얼굴이었다. 데일은 표정으로 드러내지는 않았으나 울컥했다.

엄마 늑대 외의 천상랑들은 데일과 엄마 늑대의 대화에 「어쩔 수 없다」는 분위기를 풍기고 있었다. 엄마 늑대의 유창한 사죄도 아울러 생각하면 빈트는 고향에서도 마이페이스 멍멍이였던 모양이다.

"그런데 이번에는 무슨 일로……?"

데일이 묻자 엄마 늑대는 더듬더듬 대답했다.

"우리 아이, 삼, 없어진다. 찾다."

데일이 그 의미를 생각하고 있으니 빈트가 알겠다는 얼굴로 엄마 곁으로 왔다.

"오고 싶다기에, 어쩔 수 없이."

"삼?"

"남겨 두는 것도 불쌍하니까, 어쩔 수 없었다."

빈트의 대답을 듣고 데일도 세 마리 강아지에 관한 이야기임을 알았다.

제대로 의역해 보자면 「우리 세 마리 새끼가 없어졌기에 찾으러 왔다」가 될 것이다.

혼자 납득하여 고개를 주억거리는 데일 앞에서 엄마 늑대가 갑자기 입을 크게 벌리더니 빈트를 덥석 물었다.

"깨갱!"

"오. 웬일로 개처럼 울었네……."

묘한 부분에서 데일이 감탄하는 가운데, 빈트는 그 뒤로도 콱콱 물렸다. 도망치려고 하는 빈트를 엄마 늑대는 간단히 농락했다. 엄마 늑대의 앞발에 밟혀 움직임을 봉쇄당한 빈트는 재차 한심한 소리를 냈다.

"끼잉!"

그런 어미와 새끼를 주위 천상랑들은 전혀 말리려고 하지 않았다.

그래서 데일도 참견할 마음은 들지 않았다. 개들 나름의 훈육에 개입해선 안 될 것 같았고, 물린 빈트도 다치거나 피를 흘리지는 않았다. 엄마 늑대가 적당히 가감하고 있는 것은 명백했다. 그것은 종족이 다른 데일이 보기에도 분명했다.

'그래도 대형 육식수에게 물리다니, 꽤 하드한 『벌』이네…….'

그리고 엄마 늑대의 몸놀림에 감탄했다. 날랜 빈트가 꼼짝도 못한 채 무력하게 벌을 받고 있었다. 어쩌면 직접적인 공격 체술은 하겔보다 뛰어날지도 모른다.

한동안 벌을 받은 빈트는 데굴 굴러서 엄마에게 배를 보였다.

완전한 항복 포즈였다.

그제야 엄마 늑대도 공격을 멈췄다.

데일이 빈트를 보니 울먹이고 있었다. 라티나가 정말 화나서 브러싱 금지령을 내렸을 때와 똑같은 얼굴이었다. 진심으로 반성하고 있는 듯했다.

"아…… 강아…… 새끼들이라면 마을 안에 있습니다만…… 인간족의 마을에 많은 환수가 들어오면 혼란을 초래하게 돼서……."

사실은 가까이 날아온 현재 상황으로도 충분히 대혼란이었다.

"알다."

"제가 내일 이리로 데려올 테니 마을과 떨어진 곳에서 기다려 주시겠습니까?"

"누누이 폐를 끼쳐서 죄송합니다."

정말로 빈트는 고향에서 무슨 짓을 벌였던 걸까 싶은 엄마의 어휘였다.

데일과 빈트의 배웅을 받으며 천상랑들은 일단 산 너머로 날아갔다. 모습을 확인할 수 없을 만큼 멀리 가 준다면 토벌대가 편성되는 일은 없을 것이라고 데일은 안도의 숨을 내쉬었다.

이리하여 데일은 무사히 환수와 인간족의 항쟁을 미연에 방지했다.

하지만 그는 잊고 있었다. 『범고양이』에는 천상랑들보다도 설득하기 힘든 상대가 있었다.

『범고양이』에 돌아온 데일이 본 것은 강아지들을 끌어안은 에마의 온 힘을 다한 시져시져였다.

비겁하게도 친형 같은 존재인 케니스는 사랑하는 딸의 저항에 참견하지 않겠다는 얼굴로 방관했다. 강아지들을 빼앗았다가 에마의 비장의 공격 「아빠 싫어!」가 발령되는 것을 두려워하고 있는 듯했다.

엄마인 리타가 불호령을 내린다면 사태는 종결되겠으나, 동시에 에마는 세상이 끝난 것처럼 울음을 터뜨릴 것이다.

그 사실을 알고 있는 단골손님들도 『작은 간판 아가씨』에게 무르기에 조용히 지켜보는 태세를 취하고 있었다.

에마의 작은 팔로는 강아지를 두 마리까지만 안을 수 있었는지 꼼지락꼼지락 움직인 회색 암컷 강아지가 탈출하는 데 성공했다.

라티나 쪽으로 꼬리를 흔들며 가는 그 강아지를 되찾으려던 에마는 나머지 두 마리도 놓치고 말았다.

강아지들은 라티나에게 몰려들어 열심히 꼬리를 흔들었다. 그런 강아지들의 모습을 보며 에마는 작은 눈썹을 팔자로 만들었다.

"에마."

거기서 라티나가 에마를 부른 목소리는 무척 다정하며 편안한 울림을 담고 있었다.

고작 그 한마디에 에마는 울상이 되었다.

라티나는 미소 지은 채 에마를 불러 끌어안았다.

"싫어…… 싫어……!"

"응."

큰 목소리로 흐느끼는 에마를 혼내는 일 없이 끌어안고서 이야기를 들었다. 부드럽게 머리를 쓰다듬으며 에마가 진정될 때까지 끈기 있게 기다렸다.

"있지, 에마."

그리고서 라티나는 에마의 눈을 똑바로 보고 상냥한 목소리로 말했다.

"이 아이들의 엄마가 데리러 왔대. 엄마가 무척 걱정하고 있나 봐."

"하지만…… 하지만……."

"응. 에마도 알고 있지? 그저 섭섭할 뿐인 거야."

「싫어, 하지만, 그치만」을 되풀이하면서도 『알고 있다』는 말을 부정하지 않는 에마의 이야기를 들으며 라티나는 정말로 상냥하게 미소 지었다.

라티나는 어리광쟁이다.

어리광만 부려서는 안 된다고 자신을 통제하는 부분은 있다. 그래도 근본은 어리광쟁이였다.

그것은 어릴 적 겪은 큰 상실을 메우기 위한 마음의 자세일지도 모른다. 그리고 한없이 예뻐해 주려고 하는 데일이 있기에 가능한 자세일지도 모른다.

그렇기에 라티나는 타인의 어리광을 받아 주는 것도 능숙했다.

살며시 다가가 그녀의 가장 큰 특성인 상냥함과 편안함으로 상처 입은 자를 보듬었다.

자애 넘치는 모습은 가끔 거룩하게 느껴지기조차 했다.

'뭐, 『마왕』이 신에 속한다면 『여신』이라는 감상도 틀린 건 아니니까!'

하지만 그런 것과는 관계없이 데일은 정말로 여전했다.

라티나의 성장이 느껴지는 장면이라 더더욱, 그의 성장하지 않는 부분— 도리어 산뜻하리만큼 한결같은 모습이 확실하게 두드러졌다.

"빈트, 네 동생들, 엄마한테 넘겨도 되지?"

"멍."

데일은 문득 떠올리고 옆에 있는 빈트에게 말했다. 엄마에게 혼난 직후에는 얌전했던 빈트도 완전히 평소 모습으로 돌아와 빈둥빈둥 드러누워 있었다.

"……향수병이라고 해야 할까, 쓸쓸하지 않아?"

이 멍멍이는 이별에 대한 그런 모습이 전혀 보이지 않았다.

그렇기에 꺼낸 의문이었지만 빈트는 변함없이 태연한 태도로 대답했다.

"또 데려오면 된다."

"어이?"

반성이라는 말은 이 멍멍이의 사전에 없는 듯했다.

"저쪽에서 올지도 모르고."

"……."

그 발언에는 데일도 바로 대답할 수 없었다.

털 뭉치 상태의 강아지들이 사람 말을 할 수 있게 되고 독자적으로 날아올 수 있게 되기까지 얼마나 걸릴지에 관한 지식은 데일에게 없었다.

하지만 몇 년 후 크로이츠에 날개 달린 멍멍이가 여기저기 배회하지 않을 것이라는 보증은 없었다. 오히려 그런 모습이 간단히 상상되고 말았다.

'라티나를 천상랑 마을에 보내는 건…… 안 되겠네. 상황은 악화될 거야…….'

라티나를 빈번히 고향에 데려가 산속에서 그녀와 접촉하게 하여 천상랑이 오기 전에 막는 것은 어떨까 한순간 생각했으나 즉각 스스로 부정했다. 그랬다가 라티나와 면식 있는 멍멍이가 늘어나면 상황이 악화할 가능성이 생겨 버린다.

구체적인 해결책이 떠오르지 않아서 데일은 에마를 안고 있는 라티나를 보았다.

아무튼 이번 사건으로 저 두 사람의 거리가 단숨에 좁혀진 것 같았다.

아무리 데일이라도 어린 에마 상대로 질투를 느끼지는 않았다. 하지만 『누나』와 『동생』 양쪽을 한꺼번에 빼앗긴 형태가 된 테오는 입을 앙다물고서 복잡한 표정을 짓고 있었다.

그것도 어쩔 수 없는 일이라고 데일은 생각했다.

덧붙여 정작 털 뭉치들이 순순히 귀가하리라는 보증이 없다는 것을 깜박하고 있었다.

"깽." "깽." "깽."

"으악?! 그런 틈으로 들어가지 마!"

빈트의 동생들이었다. 만만할 리가 없었다.

"끼잉." "끼잉." "끼잉."

"그렇게 울지 마! 내가 나쁜 짓을 하고 있는 것 같잖아!"

"동물 학대는 아이 교육에 안 좋아."

"거기, 시끄러워!"

때때로 단골손님들의 놀림이라는 성원을 받으며, 『범고양이』 내부를 무대로 온 힘을 다해 도망치는 털 뭉치들과 데일의 술래잡기가 개최되었다.

그 술래잡기는 밤새 계속되었고, 다음 날, 잔뜩 놀아서 만족한 얼굴로 잠든 털 뭉치 경단을 데일이 엄마 늑대에게 인도하며 소동은 끝을 맞이했다.

3. 황금의 아가씨와 성묘. 백금의 아가씨와 후일담.

최근 데일이라고 할까, 바실리오에서 돌아온 이후의 데일은 매일 빈둥빈둥 게으르게 퍼진 글러 먹은 생활을 하고 있었다. 그것이 불과 몇 주간이라면 『휴업』이라고 할 수 있겠지만, 몇 달이라는 시간이 지나도 똑같으니 주위의 감상은 아무래도 그렇게 됐다.

한편 라티나는 그녀답게 매일 바쁘게 일하고 있었다. 요양 기간 중의 아련한 모습은 완전히 사라진 상태였다. 역시 다소 바쁜 편이 그녀에게는 좋은 듯했다.

“뭔가 얼핏 보면 라티나가 먹여 살리고 있는 것 같네.”

“라티나라면 내가 백수가 돼도 아무렇지도 않게 먹여 살릴 것 같아.”

데일은 대답하며 리타가 소화하는 대량의 서류 중에서 처리가 끝난 것에 구멍을 뚫고 끈으로 묶었다. 그것은 돕는 작업이라기보다 심심풀이 행동이었다. 데일의 시선은 라티나를 좇고 있기에 리타도 복잡한 일은 맡길 수가 없었다.

리타는 그런 데일에게 기막혀하면서 그의 앞에 처리가 끝난 서류를 쌓았다.

“이쪽은 『초록의 신』 신전에 제출할 거니까 따로 분류해 둬. ……

뭐, 일할 필요가 없기 때문이겠지만. 새집 찾는 건 어떻게 됐어?"

"몇 년을 쉬지 않고 일했으니 휴업하고 있을 뿐이라니까. ……그 새집 말인데……."

리타가 말한 『일할 필요가 없다』는 것은 세계 규모의 영웅인 데일이 『마왕 퇴치』라는 위업을 이룩한 결과였다.

심지어 『둘째 마왕』 『넷째 마왕』 『일곱째 마왕』이라는 — 데일이 『재앙』이라고 불리는 마왕 이외의 마왕까지 토벌한 것은 공표되어 있지 않았다. 사적인 원한으로 마왕을 습격한 그는 증거를 남기지 않고 암살하는 수단을 취했기 때문이다 — 여러 마왕을 퇴치했다. 그가 얻은 포상금은 막대했다. 정말로 평생 놀고먹을 수 있는 금액이었다.

원래 데일은 공작과의 직속 계약도 있어서 통상적인 모험가와 비교도 되지 않는 수입을 얻고 있었다.

『숲』에서 어린 라티나를 주워 온 데일이 그녀를 자신이 맡아 키우겠다고 했을 때, 리타와 케니스가 말리지 않은 것도 데일의 경제력을 알기 때문이었다. 어린 그녀에게 물건을 척척 사 주고 때로는 고가의 마도구까지 샀던 것도 데일의 지갑 사정이 풍족한 까닭이었다.

그런 데일이 키웠지만 라티나의 금전 감각은 매우 엄격하고 서민적이었다. 본인의 성격이 잘 드러났다.

데일은 리타에게 대답하기 전에 라티나의 모습을 힐끔 확인했다. 그리고 조금 목소리를 낮춰 말을 이었다.

"지금은 안 돼. 라티나, 아직 컨디션이 돌아오지 않았잖아?"

"……그러네."

한순간 말문이 막혔던 리타도 동의했다.

리타도 보호자로서 줄곧 라티나를 지켜보았다. 여성이며 두 아이의 엄마이기도 한 리타는 데일이나 케니스가 눈치채지 못한 부분도 알아차릴 수 있었다.

"여러 가지 일이 있었으니까……. 그래서 지금은 그다지 환경을 바꾸지 않는 편이 좋을 것 같아. 역시 집은 라티나랑 같이 정하고 싶고 말이지."

"정말로 저 애는 너무 노력한단 말이야."

리타는 한숨을 쉬고 데일을 보았다.

리타의 표정에는 명백한 염려의 색이 있었다.

"……시간에 맡기는 게 가장 좋은 방법인 거야?"

"마음의 정리가 안 되지 않았을까……. 『친정』에 돌아가 있는 동안에도 줄곧 신경을 곤두세우고 있었고. 내가 보기엔 겨우 안정된 것 같아."

죄인으로서 고향에서 추방당한 라티나는 친언니가 국왕이 되었음에도 바실리오에 그다지 좋은 감정이 없는 것 같다고 데일은 느꼈다.

폐를 끼칠 수 없다며 필요 이상으로 긴장하는 경향도 있었다.

크로이츠에 돌아와 『평소의 일상』을 되찾으면서 정말로 안도하고 있는 것 같았다.

데일은 그런 그녀를 다시 다른 환경에 내몰고 싶지 않았다.

동시에 라티나는 데일이 저지른 마왕 섬멸이라는 포학에 적잖은 자책을 느끼고 있어서 정신적으로 불안정한 면도 있지만, 그것을 데일은 별로 의식하지 못했다.

데일은 어렸을 때부터 자신의 『일』을 담담히 받아들이는 법을 배웠다. 그러지 않았다면 그 자신이 진즉에 망가졌을 것이다.

하지만 라티나는 그럴 수 없었다. 그리고 크리소스처럼 책임 있는 지위에 있는 것도 아닌 자신은 당장 어떻게 행동할 수 없음도 알고 있었다.

그녀는 지금 당장 속죄할 수는 없더라도 언젠가 어떤 형태로든 갚아야만 한다고 납득하고자 했다.

그렇게 마음을 안정시키기 위해 라티나는 더욱 『평소와 같은 매일』을 고집하는 면이 있었다.

그렇게 보이지 않는 부분에서도 데일은 유감스러웠지만 그가 현재 일하고 있지 않은 것에는 경제적인 이유 말고도 몇 가지 이유가 더 있었다.

먼저 그의 적이었던 『재앙의 마왕』이 전부 박멸되었기 때문이다. 『용사』로서의 업무는 지금 데일에게 발생하지 않았다.

그리고 『마족』이 되어 기초 능력이 향상된 것도 큰 이유였다.

경제적으로 여유가 있는 데일이 빈번히 일을 받아 『숲』에 들어갔던 것은 단련의 일환이었다. 근력을 비롯한 몸만들기와 유지, 검과 마법 기술의 향상. 그리고 위험한 환경을 접하여 전투의 감이 무뎌지지 않도록 하기 위한 매우 성실한 행동이었다.

그랬는데 마족이 되면서 기초 능력이 올라갔고, 능력이 떨어지는 일도 없게 되었다.

전투의 감은 다소 둔해질지도 모르지만, 다소 둔해지는 편이 세계 평화를 위한 일이라는 것이 모 마왕의 말이었다.

이런저런 이유로 무리해서 일할 필요가 없는 데일은 장기 휴업을 만끽하고 있었다.

일하기 싫었다. 아니, 일하기 위해 라티나 곁을 떠나고 싶지 않았다.

"한가하면 부탁 좀 하고 싶은데."

그때 주방에서 얼굴을 내민 케니스가 말했다.

"뭔데?"

"최근 독립한 젊은 모험가 무리한테 부탁받았다만…… 호위 의뢰를 받아 보려고 하는데 경험이 부족하니 지도해 줬으면 좋겠다더군……."

"……난 호위 계통 의뢰는 거의 한 적 없어. 케니스의 파티에 있을 때나 했을걸?"

고향에서 나온 직후의 데일은 벤델가르드 할멈의 눈에 들었던 케니스 밑에서 모험가로서 경험을 쌓았다.

전투 기술과 야영 기술은 고향에서 충분히 익혔지만 그것만으로는 『모험가』 일을 할 수 없었다. 여행하는 법, 의뢰인과 교섭하는 법, 다양한 것을 케니스 밑에서 배웠다. 케니스가 모험가 생활에서 은퇴하여 『춤추는 범고양이』의 데릴사위가 된 것을 계기로 데일도 독립해 에르디슈테트 공작의 직속 의뢰를 소화하게 되었다.

그래서 독립한 이후로 데일은 토벌 임무를 주로 받았고 호위 경험은 거의 없었다.

그리고 그것은 케니스도 잘 알고 있을 터였다.

"그게…… 그 모험가 무리와 라티나가 의기투합해서 말이야. 호위 받는 쪽도 충분한 실력을 가지고 있으면 다소 위험한 곳에서도 문제없지 않을까 하는 이야기로 흘러가서……."

"그렇게 간단할 리가 없잖아."

하고 대답하면서도 데일의 표정은 다른 의미로 험악해져 있었다.

라티나와 의기투합한 모험가라니, 대체 어느새.

자신이 모르는 사이에 라티나에게 접근하다니 배짱 한번 두둑했다. 자신이 무슨 짓을 했는지 뼈저리게 통감하게 해 주겠다. 데일의 사고는 그런 쪽으로 기울고 있었다.

"라티나라면 마을 밖에 나가더라도…… 혼자서 어떻게든 할 수 있어."

마왕의 은혜가 있는 그녀는 기본적으로 외적에게 습격받아도 목숨을 잃지 않는다. 게다가 원래 마법사로서 지닌 능력도 높아서 혼자서도 많은 상황에 대처할 소양이 있었다.

하지만 그것은 어디까지나 『그녀 혼자』에 한정된 이야기였다.

"실력 없는 녀석과 같이 있으면…… 그쪽을 보조하려고 해서 오히려 위험하겠지."

"그렇겠지."

여러 인간의 연계는 개인의 능력이 뛰어나다고 되는 것이 아니었다. 관련 훈련도 실전도 겪지 못한 라티나에게 연계할 만한 능력은 없었다.

그렇기에 불만스럽게 말한 데일을 케니스는 간단히 긍정했다.

"그러니 너도 같이 가 주면 안 될까? 거기다 『숲』의 지도를 만들기 위해 정보를 모아 달라는 의뢰도 있어."

"『숲』의 지도?"

"바실리오로 가는 길을 개발하려고 지도를 만들고 있는데, 의뢰인 쪽에서 공백 지대를 조사하길 원하는 것 같아. 너라면 헤맬 일도 없으니까 딱 좋잖아."

"뭐…… 그렇지만……."

데일의 특기는 땅 속성 마법이라서 방향을 잃고 헤맬 일은 없었다.

지형이나 길을 모르는 곳에 발을 들일 때, 그러한 마법은 매우 큰 위력을 발휘했다.

"무슨 얘기 해?"

그때 라티나가 얼굴을 빼꼼 내밀었다. 그녀 뒤에는 에마가 찰싹 붙어 있었다.

"라티나……."

"저번에 말했던 『숲』 탐색에 관해 얘기하고 있었어. 데일이 같이 가면 문제없잖아?"

케니스가 라티나에게 그렇게 대답한 순간, 데일은 반사적으로

「당했다」고 생각했다.

아니나 다를까, 라티나가 환하게 밝아진 표정으로 데일을 보았다. 라티나의 그런 얼굴을 본 이상, 데일이 해야 할 반응은 하나뿐이었다.

하지만 거기서 라티나가 꺼낸 말은 데일에게 조금 예상 밖이었다.

"있지, 『숲』 탐색은 내 의뢰이기도 해."

"라티나의 의뢰?"

"데일한테 직접 부탁해도 됐겠지만, 바실리오랑 관련된 이야기는 이 가게에 오는 모험가들도 많이 참여해 줬으면 하니까 『의뢰』라는 형태로 했어."

"……크리소스의 의뢰야?"

"응."

어느새 라티나는 언니와 연락하고 있었던 모양이다. 데일은 곤혹스러웠다.

실제로 라티나는 크리소스와 직접 연락하지는 않았다. 국왕이라는 책임 있는 지위에 있는 크리소스는 이국땅에 있는 동생과 스스럼없이 편지를 주고받을 수 있는 입장은 아니었다.

하지만 현재 바실리오에는 실비아가 있었다. 실비아는 『춤추는 범고양이』의 『초록의 신의 전언판』을 사용해 라티나와 사적인 정보를 교환한 전과가 있는 인물이었다. 그런 실비아를 통해 자매는 『초록의 신』 신전의 정보망을 사용하여 최소한의 정보를 교환할 수 있었다.

"그러다 마침 호위 의뢰를 받아 보고 싶다는 사람과 얘기하게 됐거든."

"어느새……."

"질 씨한테 부탁받았어. 나랑 나이도 별로 차이 나지 않으니까 『범고양이』 안에서 신경 써 달라고……."

그렇게 말한 라티나는 데일의 떨떠름한 얼굴을 보고 조금 생각에 잠겼다.

그리고 말했다.

"여자들로만 이루어진 파티라서."

그 한마디에 데일의 기분은 극적으로 회복되었다.

여성 모험가는 호위 의뢰의 수요가 매우 많았다.

그런 사실을 아는 데일은 그제야 지금까지의 대화를 납득했다. 역시 유감스럽다고 할 수밖에 없는 반응이었다.

호위가 필요한 의뢰인이 여성일 경우, 겉모습이 거칠고 험악한 남성 모험가 상대로는 역시 위축되어 버렸다. 게다가 모험가를 생업으로 삼고 있는 모든 사람의 품행이 방정하리라는 보증은 물론 없었다. 호위로 고용한 자에게 성적인 의미도 포함하여 덮쳐지는 사태를 피하기 위해서는 인품 판별이 중요하지만, 초면에 그것을 파악하기는 어려웠다.

그래서 그런 의뢰인은 여성 호위 — 적어도 여성이 포함된 파티 — 를 희망했다.

의뢰인이 남성인 경우에는 『강해 보이는 호위』를 원하는 경향도 있지만, 일정 시간 이상을 함께한다면 여성의 특기인 세세한 배려의 유무는 『지명되는』 모험가로서의 부가 가치를 높여 주었다.

소행으로도 정평이 난 파티라면 이야기는 다르지만 그렇게까지 평판이 좋은 파티는 의뢰비도 비쌌고, 무엇보다 그 정도 실력이 되기까지 호위 의뢰를 아예 받지 않을 수도 없었다.

그런 사정을 생각한다면 여성 모험가 측은 마수 토벌이나 채집 의뢰를 고집하기보다 수요가 많은 호위 스킬을 익혀 수익을 늘리는 편이 좋았다.

신출내기 젊은이가 향후를 위해 스킬을 익히고자 하는 것은 향상심이 있다고 평가해야 할 행동이었다.

"처음 모험가가 되고 한동안은 질 씨가 소개한 파티 밑에서 채집이나 소형 마수 퇴치 같은 일을 했대."

"전형적인 신입의 일이네."

"질 씨도 그렇게 말했어. 무기나 도구의 기본적인 사용법, 일을 받는 법, 보고하는 법…… 내가 데일이랑 여행 갈 때 배운 거랑 조금 비슷하구나 싶었어."

"아무래도 야영하고 여행하는 법도 알아야 하니까……. 모험가라고 해도 신입은 얼마 전까지 마을 내부밖에 몰랐던 녀석들뿐이고."

데일이 말하자 라티나도 고개를 끄덕였다.

"그래서 있지, 얼추 배워 『독립』해서 앞으로는 자기들끼리 일하게 됐대. 하지만 여자들만 있으면 아무래도 시비에 휘말리기도 하니까 내가 신경 좀 써 달라고, 질 씨가."

"아……."

데일은 신음하면서도 납득하고 말았다.

라티나는 『범고양이』를 이용하는 모험가들 가운데서 베테랑과 젊은이들 사이의 완충재 역할을 맡고 있었다.

모두의 아이돌인 그녀 앞에서는 베테랑 아저씨들도 젊은이들도 좋은 모습을 보여 주려고 했다. 그 결과, 충돌과 말썽은 줄었고 서로 돕는 상태가 되어 있었다.

원래부터 여성인 리타가 주인인 이 가게는 다른 동종의 가게보다도 여성 모험가가 이용하기 쉬웠다. 거기에 라티나의 존재가 더해지니 여성에 대한 환경이 상당히 좋아진 것이다.

그런 대화를 거쳐 라티나는 데일과 함께 오랜만에 크로이츠 밖으로 나가게 되었다.

바실리오에 갔던 일은 의식이 없는 동안 운반된 것이었기에 노카운트였다.

"데일, 데일, 무슨 옷을 입고 갈까?"

"라티나라면 어떤 옷을 입어도 예뻐."

질문의 의도와 대답이 어긋나 있었다.

데일의 대답에 뺨을 물들이며 부끄러워하면서도 라티나는 불만스럽게 말했다.

"그런 뜻으로 물어본 게 아니야. 여행 가는 건 아니니까 너무 철

두철미하게 입지 않아도 괜찮지?"

"계절이 계절이니까…… 전에 여행 갔을 때보다도 밤에는 꽤 쌀쌀할 거야. 그렇다고 너무 껴입으면 이동할 때 더울지도 모르지만."

"으음~."

자신의 옷상자 앞에서 준비하며 생각에 잠긴 라티나를 보면서 데일은 미소 지었다.

"뭐, 이번에는 평상복을 입어도 괜찮아. 내가 여러 가지로 장비를 갖춰서 갈 거니까. 다만 풀숲에 들어갈 일도 있을 테니 피부가 드러나지 않도록 조심해."

그런 대화를 나누며 준비하는 라티나는 마치 소풍이라도 가는 것처럼 들떠 보였다.

목적지는 마음 편히 놀러 갈 만한 안전한 장소가 아니지만, 라티나의 그런 반응은 데일을 향한 절대적인 신뢰의 표현이라고도 할 수 있었다.

"컹~ 컹~ 컹~."

집 지키기를 명받은 빈트는 라티나와 데일의 시야에 들어오는 위치에서 일부러 데굴데굴 구르며 토라졌음을 어필했으나 안타깝게도 관심을 받지 못했다.

그리고 다음 날 아침나절에 데일은 라티나를 데리고 남문으로 향했다. 문 근처에 서 있던 3인조 파티를 발견한 라티나가 크게 손을 흔들었다.

"아델리나."

라티나의 목소리를 알아차린 세 여성은 자세를 바로잡고서 긴장을 감추지 못하는 모습으로 데일과 라티나를 맞이했다. 구면인 상대의 그 반응에 라티나가 고개를 살짝 갸웃했다.

"일이라 긴장한 거야? 다들 처음 보지? 데일…… 그러니까, 내…… 약혼자야."

라티나의 그 소개만으로도 데일은 확실한 동기를 부여받았다.

"데일 레키다. 잘 부탁한다."

짧게 자기소개를 마친 데일은 검은색 마수 가죽 코트 차림에 왼손에 비갑을 차고 무기는 검과 단검이라는 평소와 같은 장비였다. 다만 오늘 그는 익숙한 『숲』에 간다고 볼 수 없을 만한 양의 짐을 지고 있었다.

데일의 자기소개를 받은 3인조가 더더욱 자세를 바로잡았다.

"파울라 젠켈입니다. 잘 지도해 주시기 바랍니다."

한 발자국 앞으로 나와 말문을 뗀 파울라는 신출내기답게 소박하지만 괜찮은 방어구를 걸치고 있었다. 전위 전사로서는 견실한 장비라고 데일은 판단을 내렸다. 그녀들을 지도한 모험가들의 능력도 그만큼 엿볼 수 있었다. 질베스터가 소개했다더니 역시 출중했다.

"이쪽이 엘비라 벤츠. 그리고 이쪽이 아델리나 바인르입니다."

"엘비라입니다."

"아델리나입니다. 잘 부탁드립니다."

파울라가 소개한 두 사람도 긴장한 모습으로 자신의 이름을 밝혔다. 장비를 보고 추측건대 엘비라도 전사고 아델리나는 후방 지원 담당인 것 같았다.

데일이 따로 참견할 것도 없어서 남문으로 크로이츠를 나간 후, 파울라가 앞장서고 그 뒤를 후방 지원 역할인 아델리나가 따랐다. 호위 대상인 라티나와 데일을 사이에 두고서 맨 뒤는 엘비라가 맡았다. 정석대로이긴 하지만, 기본은 되어 있다고 바꿔 말할 수도 있었다.

일단 지도 역으로서 3인조를 관찰하는 데일과 달리 라티나는 역시 긴장감 없이 즐거워 보였다.

"정말 오랜만이다. 역시 마을 밖으로는 좀처럼 나갈 일이 없어."

라티나는 그렇게 말하며 빙그르르 돌았다.

나이보다도 어린 인상을 주는 그런 동작을 한다는 것은 라티나가 들떠 있다는 증거였다.

라티나는 그대로 통통 튀듯 걸으며 옆에 있는 데일을 올려다보았다.

"데일, 짐이 큰데 괜찮아? 나도 옮기는 거 도울까?"

"괜찮아. 신경 쓰지 마."

데일이 이렇게 큰 짐을 지고 있는 것은 오늘의 외출이 『훈련』이기 때문이었다.

"평소에는 당일치기로 끝내니까 이런 짐은 필요 없지만. 오늘은 야영하는 모습도 확인할 거니까."

"내 짐도 있는 거잖아……?"

"라티나의 짐이니 더더욱 내가 옮겨야지. 괜찮아."

출발 직후부터 달달하기 그지없는 두 사람의 대화였다.

『범고양이』에서는 일상적인 일이긴 해도 제대로 염장을 지르는 광경이었다. 이미 3인조의 표정은 미묘해지기 시작하고 있었다.

"날씨가 좋아서 다행이네."

확연하게 나들이를 즐기고 있는 라티나는 그녀의 나쁜 버릇이 나와서 산만한 모습도 보였다. 하지만 데일은 그런 그녀에게 주의를 주려고 하지 않았다.

호위 대상이 늘 조심스럽게 경계하며 걷지는 않기 때문이다.

결코, 들뜬 라티나도 귀엽다며 예뻐하고 있지는 않았다.

"훈련하려면 악천후도 시야에 넣어야 하지만 말이지."

데일은 그렇게 대답하면서도 이 쌀쌀한 계절에 라티나가 악천후에서 야영하게 둘 수는 없다고 생각하기도 했다. 즉각 연기 결정이다. 그녀는 그것도 즐거울 것 같다고 할지도 모르지만, 안 되는 것은 안 된다.

"아델리나의 짐도 크네. 괜찮아?"

데일이 무슨 생각을 하는지 알아채지 못한 라티나가 앞서 걷는 아델리나를 향해 웃으며 물었다. 아델리나는 걷는 속도를 조금 늦춰 라티나와 나란히 서서 대답했다.

"나는 근접 전투는 못 하니까. 다른 두 사람은 비상시에 짐을 버리고 전투에 들어가게 되고."

"그렇구나……. 예전에 데일이랑 여행했을 때는 말에 짐을 실었지만, 항상 그럴 수도 없겠지."

"마차로 짐을 옮기는 사람들이 부럽긴 해도, 일의 내용에 따라서는 어려우니까."

아델리나와 라티나가 대화하는 모습을 보니 두 사람이 그런대로 친한 사이임을 알 수 있었다.

데일이 보기에 3인조는 크로이츠에서 나온 뒤로 지금까지 줄곧 뻣뻣하게 긴장해 있었다. 하지만 라티나와 대화 중인 아델리나는 그 긴장이 조금 풀린 모습이었다.

아무리 익숙하지 않은 일이고, 의뢰인의 안전을 지키기 위해 긴장해야만 하는 일이라고는 해도, 이 상태로는 오래가지 못할 것이라며 쓴웃음 짓고 있던 차이기에 좋은 경향이었다.

역시 분위기를 누그러뜨리는 라티나의 천성적인 능력은 특기 영역에 이르렀다고 할 수 있었다.

그런 생각을 하는 데일은 3인조가 긴장하는 가장 큰 이유가 현재 영웅이라고 칭송받는 존재가 바로 앞에 있기 때문이라는 발상이 없었다.

자신이 영웅이고 신출내기 모험가들이 동경하는 존재라는 자각은 데일 자신에게 전혀 없었다.

라티나는 아델리나와 대화하다가 데일을 올려다보고 미소 지었다.

"아델리나는 간이식 회복 마법과 방벽 마법을 쓸 수 있어. 하지만 발동이 안정되지 않는다고 상담을 받기도 했거든."

"아하……."

신출내기면서 마법을 쓸 수 있는 것은 상당한 일이었다. 실전에서도 사용할 수 있다면 충분히 평가할 만한 점이 된다.

라티나는 어릴 때부터 지금의 아델리나 이상으로 마법을 쉽게 다뤘지만, 그것은 그녀가 규격을 벗어난 존재이기 때문이었다.

"간이식이더라도 마법을 배우려면 사례금이 꽤 필요한데…… 라티나는 그것도 됐다고 하니까."

"하나부터 가르치는 건 가르치는 사람의 역량이 중요하지만, 나는 그저 조언을 했을 뿐인걸. 로제 님한테 배운 걸 그대로 알려 준 거고."

데일은 라티나의 그 발언을 들으며, 로제는 신관으로서도 마법사로서도 라반드국에서 손꼽히는 인재라고 공작 각하가 인정하는 인물임을 생각하고 있었다. 『노랑의 신(아스파르)』의 고위 신관인 은사도 포함하여, 원한다고 해서 얻을 수 없을 만한 스승들에게 가르침을 청할 기회가 라티나에게는 예기치 않게도 많았구나 싶었다.

겨울이기도 해서 주위는 왠지 황량하고 쓸쓸한 느낌을 줬지만, 오늘은 날씨가 좋아서 햇볕이 따뜻하고 온화했다.

원래 『숲』에 도착할 때까지는 마수의 영역이 아니라 위험도가 낮았다. 그런 가운데 또래 소녀들이 환담하며 걷는 광경은 매우 한가로웠다. 물론 그런 라티나를 보는 데일의 표정도 매우 온화해져 있었다.

그때 문득 기척을 느낀 데일은 옆을 보았다. 맨 뒤를 지키고 있던 엘비라가 아까보다 한 걸음 가까운 거리에서 데일을 보고 있었다.

파울라와 아델리나보다 키가 큰 엘비라는 그만큼 데일과 시선이 가까웠다. 남성이라고 잘못 볼 만큼 털털한 풍모인 파울라와 달리 여성스러운 관능을 갖추고 있었다. 그녀는 살짝 교태를 부리며 데일에게 미소 지었다.

"데일 님은 지금의 저희보다도 젊었을 때부터 모험가로서 가혹한 의뢰도 받으셨던 거죠?"

이에 데일은 쓴웃음조차 짓지 않는 담백한 모습이었다.

"……일일이 의뢰인에게 알랑거려서야 모험가 일은 해 나갈 수 없어."

데일은 엘비라의 동작이 의도적임을 간파할 정도로는 냉정했고, 이렇게 어린 아가씨에게 당할 만큼 경험이 얕지는 않았다.

그녀들 또래인 라티나와의 관계를 진지하게 생각했을 때 마구 추태를 보인 끝에 도망쳤던 데일이긴 하지만 그것은 데일에게 라티나가 그만큼 특별한 존재이기 때문이었다.

귀족과 엮이는 사교계에서도 데일은 냉정하게 대처하여 극복해 왔다. 라티나 앞에서의 모습만 보고 그를 유감스럽다고 하는 것은 어떤 의미에서 정당한 평가가 아니었다.

그렇다고는 해도 세간의 『정당한 평가』가 그의 본질이라고는 단정할 수 없었다.

엘비라는 데일의 반응에 유감 반 안도 반이라는 표정을 지었다.

동경하는 영웅에게 낙담하지 않아도 된다는 감정이 그녀의 표정

에서 쓸데없는 힘을 뺐다.

“처세술이에요. 파울라는 저렇고. 역시 상대는 이쪽을 여자라고 보니까, 그걸 잘 이용하지 않으면 해 나갈 수 없거든요.”

“……나름 잘 처신한다고 그러는 것 같은데, 만만하게 생각하지 마.”

“충고 감사합니다.”

오랫동안 라티나의 『보호자』로 있었기 때문인지 데일은 실제 나이보다도 『보호자』의 시점과 입장으로 보는 습관이 들어 있었다.

케니스가 『안전한 감시 역』이라고 확실하게 보증하는 것이 명예인지 불명예인지 판별하기 어려운 데일의 사고 회로였다.

이윽고 『숲』이 보이기 시작했다.

이 『숲』은 크로이츠가 발전한 이유 중 하나였다. 마수의 서식지이자 풍부한 자원이 있는 이 『숲』을 노리고 많은 모험가가 모인 것이 크로이츠의 풍요를 지탱했고, 현재도 큰 영향을 끼치고 있었다.

“케니스 말로는 바실리오와 국교를 개시할 때 여기에 길을 만들 예정이라고 하던데.”

“바실리오는 이 『숲』과 사막 때문에 다른 나라와 동떨어진 환경에 있으니까. 크리소스는 언젠가 사막 너머에 항구도 만들고 싶다고 했지만, 우선은 라반드국 사이에 있는 이곳을 개발하는 게 최우선이라고 했어.”

언니인 크리소스의 꿈이라고 해야 할 장래 전망을 들은 모양인 라티나가 웃으며 데일에게 대답했다.

“지금은 덤불길밖에 없으니 말이지……. 그 길도 지도에 확실하게 표시되어 있지 않고."

"그래도 『범고양이』 단골손님들이 협력해 줘서 대략적인 지리는 파악했대. 바실리오까지 돌파했을 때 『초록의 신』의 신관이 동행해서 상세한 기록이 남아 있다는 것 같아."

그런 기록은 『초록의 신』 신전의 운영비가 되었다. 『초록의 신』 신관들의 행동 이념인 『정보 수집』은 반드시 수입으로 직결되지는 않았다. 경비가 수익을 웃돌기도 했다. 이번처럼 큰 회수를 기대할 수 있는 정보는 대단히 중요한 수입원이었다.

"그럼 새삼 무슨 정보가 필요하다는 거야?"

"……그래서 이번 일은 나랑 크리소스의 개인적인 의뢰이기도 한 거야."

데일의 의문에 조금 씁쓸한 미소를 지은 라티나는 『숲』의 모습이 대략적으로 그려진 지도를 모두의 앞에 펼쳤다.

그중 한 곳, 바실리오와 크로이츠를 거의 최단 거리로 잇는 길인 찌그러진 선에서 조금 벗어난 부근을 가리켰다.

"데일이랑 처음 만난 곳, 이 근처지?"

"응? 그렇지."

"크리소스가 알고 싶은 건 이 주변이야. 나랑 라그가 지난 길…… 나도 전부 생각나지는 않지만. 크리소스는 나랑 라그가 헤어진 뒤에 어떻게 라반드국까지 왔는지 알고 싶은 것 같아."

"……그런가."

데일은 의도적으로 밝은 목소리로 대답했다.

그것은 라티나에게 있어 부친과 사별한 기억을 더듬는 일이었고, 고향에서 쫓겨났을 당시의 괴로운 기억을 건드리는 행위이기도 했다.

그래도 과거 관련으로 마음을 정리한 라티나는 그 기억과도 마주할 결심을 한 것 같았다.

데일은 그렇게 라티나를 생각하며, 그녀가 이 타이밍에 이 조사를 하기로 한 이유를 확실하게 캐물으려고 하지는 않았다.

하지만 이제 서로 숨기지 말고 이야기하기로 했기에 라티나는 데일에게 그 이유도 분명하게 알렸다.

다만 그녀는 천진한 아가씨였다.

때로 눈치 없고 분위기를 파악하지 못하기에 어리바리는 어리바리인 것이다.

눈치가 있다면 그것은 자연산인 척하는 양식이었다.

『숲』속에 발을 들인 순간부터 3인조의 신경은 재차 팽팽하게 곤두섰다.

그녀들의 실력을 생각한다면 그럴 만도 하다고 데일은 쓴웃음을 흘렸다. 신출내기인 그녀들이 활동하던 곳은 주로 『숲』에서도 깊지 않은 지역이었지만, 이제부터 들어가려는 곳은 중심부였다. 마수의 출현 빈도와 위험도는 비교가 되지 않았다. 이 주변 『숲』을 데일뿐만 아니라 빈트도 부담 없는 활동 장소로 삼고 있지만, 일반적인 모험가들의 인식과는 크게 어긋난 행위였다.

수풀이 살짝 흔들리기만 해도 3인조는 과하게 반응했다. 일반인인 라티나가 오히려 더 여유로운 것은 데일에게 흥미로운 현상이었다.

"라티나?"

"위험한 느낌은 안 들어. 그리고 데일이 검을 안 잡고 있는 건 괜찮다는 뜻이잖아?"

데일에게 시선을 보낸 라티나는 아무렇지도 않게 대답했다. 그녀 자신이 타고난 위험 감지 능력과 데일을 향한 절대적인 신뢰로 그녀는 필요 이상으로 긴장하지 않는 듯했다.

"라티나만큼 긴장을 풀라고는 안 하겠지만."

쓰게 웃은 데일은 자신의 무기를 단단히 움켜쥔 파울라를 보았다.

"호위의 목적은 마수를 해치우는 게 아니야. 어디까지나 호위 대상의 안전을 확보하는 거야. 주위를 잘 살피고 위험을 예측하는 걸 의식해."

나무와 수풀 등 차폐물이 많은 이곳에서는 그것이 말처럼 쉬운 일이 아니지만, 반대로 이 『숲』속에서 일을 완수한다면 세 사람의 경험치는 크게 오를 것이다.

그렇기에 데일은 말했으나, 말이 끝나기가 무섭게 멀리 있는 나무들 사이로 커다란 그림자가 지나갔다. 그 순간, 선두에 있는 파울라뿐만 아니라 아델리나의 어깨에도 힘이 들어간 것이 보였다.

"조용히. 바람은 이리로 불고 있어. 저쪽은 우리를 눈치채지 못했어."

즉각 선제공격하려는 파울라를 데일이 조용하면서도 날카로운 목소리로 제지했다.

"모든 마수를 상대할 필요는 없어. 때에 따라서는 그냥 넘어가는 것도 생각해. 버겁다고 판단되면 퇴각을 택하는 것도 중요해."

옆에 있는 라티나를 힐끔 보니 그녀는 상황을 올바르게 판단하고서 얌전히 숨을 죽이고 있었다. 보조 도구가 없어도 정교하게 마법을 다듬을 수 있는 라티나는 여차하면 여기 있는 모두를 지킬 방벽 마법을 전개하는 것도 가능했다.

신출내기라고는 하지만 『모험가』라는 거친 일의 전문가보다도 익숙해 보이는 그녀를 보고 데일은 쓰게 웃을 수밖에 없었다.

데일의 말대로 시선 끝에 있던 마수는 이쪽을 눈치채지 못한 채 지나갔다. 파울라 일행에게서 확연하게 힘이 빠졌다.

그것은 그것대로 감점 대상이었으나, 느닷없이 그것까지 요구하는 것이 가혹한 일임은 데일도 알고 있었다.

중대형 마수가 내뿜는 위압감은 소형 마수와 비교도 되지 않았다. 그녀들에게는 상대할 가능성을 생각하기만 해도 몸이 움츠러드는 것이 당연한 존재였다.

'어릴 때부터 사냥 집단에 섞였던 나랑은 역시 토대가 다르겠지……'

그의 고향 티스로우는 세상의 일반 상식과는 다른 문화와 풍습을 가진, 전체적으로 규격을 벗어난 일족이었다.

그렇게 마수와 몇 번 조우하여 시야가 조금 트인 곳에 도착했다. 주기적으로 무성해지고 마르기를 수없이 반복한 그곳은 많은 풀에 뒤덮여 있었다.

"……한동안 못 왔으니 말이지."

"……응."

하얀 거석의 끝자락이 풀숲 사이로 희미하게 보였다.

부친의 묘를 이토록 오래 방치한 것에 죄책감을 드러내며 라티나는 가죽 장갑을 끼고 야무진 얼굴로 앞을 보았다. 청소를 좋아하는 피가 들끓기 시작한 표정이었다.

"……파울라 일행은 주위를 경계해 줘. 마수를 발견해도 공격할 필요는 없어. 상황을 봐서 내가 나설 테니까."

성묘라는 목적상 라티나가 움직일 수 없으니 이번만큼은 철수를 택할 수 없었다. 그렇기에 나온 데일의 발언이었지만 3인조의 반응은 지금까지와 조금 달랐다.

그것이 전설이라고 칭송받는 영웅의 실제 전투 모습을 볼 수 있을지도 모른다는 기대 때문임을 역시 데일은 눈치채지 못했다.

겨울이 되어 메마른 풀은 굳이 베어 내지 않아도 옮길 수 있었다. 그래도 그리 쉬운 작업은 아니었다.

"빈트 녀석을 데려올 걸 그랬나."

집 지키기를 명받은 멍멍이의 특기는 『바람』 속성 마법이었다. 묘하게 요령이 좋은 그 환수라면 제초 작업도 틀림없이 쉽게 소화할 것이다.

데일은 묘비와 조금 떨어진 위치에 『땅』 속성 마법으로 구덩이를 만들어 마른 풀을 넣고 발화 마도구로 불을 붙여 처리했다. 건조한 주위로 불이 번지지 않도록 잘 지켜보았다. 그는 『물』 속성 마법도 사용할 줄 알아서 소화 작업도 손쉬운 일이었다.

그러는 동안에도 부지런히 일한 라티나의 활약으로 묘비 주위는 깔끔한 모습을 되찾았다. 그녀는 마도구에서 물을 꺼내 아빠의 묘비에 묻은 진흙과 흙을 씻었다. 그리고 깨끗한 순백색을 되찾은 묘비 앞에서 한동안 침묵했다.

데일이 생각했던 것보다도 라티나는 훨씬 빨리 일어나 데일을 돌아보았다.

"이렇게 짧게 끝내도 괜찮아?"

"응."

데일의 물음에 답하는 라티나의 미소에서는 쓸쓸함이 묻어났다.

"오늘은 엉망이 되진 않았나 확인하고 싶었을 뿐이고, 청소도 했으니까 괜찮아. 그리고……."

잠시 말을 잇지 못하던 라티나는 아무렇지도 않게 이야기를 계속했다.

"확실하게 크리소스랑 다시 만났다고…… 보고했으니까, 괜찮아."

라티나의 그 표정을 보고 데일은 그녀가 파울라 일행 앞에서 자신의 내면을 그다지 드러내고 싶지 않은 모양이라고 추측했다.

'……너무 감정이 격해지면 울어 버리려나…….'

그래서 데일은 괜찮은 척하는 라티나의 어깨를 끌어안고 그 머리를 다정하게 쓰다듬어 위로하는 데 그쳤다.

"그럼…… 조금 더 안쪽으로 들어가자. 나도 라티나가 어떻게 여기까지 왔는지는 모르지만, 바실리오 방향으로 지형을 확인하면서 나아가야 해."

라티나에게 들은 이야기로 추측할 수 있는 그녀의 부친은 야영에는 익숙하지 않았으나 많은 지식을 가진 사려 깊은 사람이었던 것 같았다.

어린 라티나는 자세히 알 수 없었지만, 어딘가 명확한 목적지를 정하고서 별의 위치를 읽으며 신중하게 나아가는 것 같았다고 한다.

사람이 사는 마을로 가고자 했다면 그가 목적했던 곳은 크로이츠일 것이다.

"아마 라티나가 지나온 길에서…… 많이 벗어나지 않을 테니까."

바실리오가 개통하려는 『길』은 가도였다. 장래 마차가 달릴 수 있는 길을 내서 양국의 교역을 목표하고 있는 이상, 지반이 좋지 않은 곳이나 늪지대는 피해야 했다. 이번 일의 내용인 주변 확인은 그러한 부분이 포함되어 있었다.

데일이 걸으며 불안정한 자세로 기록 중인 메모를 빼꼼 들여다본 라티나는 고개를 갸웃했다. 너무나도 단적인 글자와 도형이 적혀 있을 뿐이라 의미를 알 수 없었다.

"어디까지나 메모니까…… 나중에 보고 알 수 있게 약어를 만들어서 적고 있는 거야."

"암호 같아."

"뭐, 정보 취급이란 게 그런 거지."

그런 유능함을 아무렇지도 않게 발휘하며 데일은 탐색을 진행했고, 해가 기울기 전에 야영지를 결정했다. 짊어지고 온 짐을 내린 뒤, 라티나의 도움을 받아 천막을 조립하기 시작했다.

"라티나……."

"응. 멀리 가진 않을 거고, 무슨 일 있으면 데일을 부를게."

자리에서 일어난 라티나를 데일이 부르자 그녀는 살짝 쓴웃음을 지었다. 그녀의 시선 끝에는 기진맥진한 모습으로 앉은 3인조가 있었다. 결국 제대로 된 전투는 한 번도 없었지만, 줄곧 경계하며 걸은 그녀들의 집중력과 정신력은 한계에 달한 모양이었다.

라티나는 숲속에 들어가 장작을 모았다. 건조한 계절이기도 해서 장작은 쉽게 모을 수 있었다. 척척 움직인 라티나는 야영지와 숲을 몇 번 왕복하여 장작더미를 만들었다.

밤이 되면 추워지는 계절이니 장작은 많으면 많을수록 좋았다.

그리고서 그녀는 모닥불을 준비하고 그 위에 냄비를 걸 수 있게 막대기를 끼웠다. 아궁이가 아니라 모닥불 형태로 한 것은 야간에 온열용으로 쓸 것을 내다보았기 때문이었다.

"지금부터 더 추워질 테니…… 따뜻한 걸로 많이 만들까."

라티나는 중얼거리며 당연하게 식사 준비를 시작했다. 일단은 의뢰인인 그녀의 행동에 허둥거리며 반응한 아델리나를 눈으로 제지했다.

"소금이랑 허브에 고기를 재워 뒀어."

룰루랄라 야외 요리를 만드는 그녀는 어떻게 봐도 이 상황을 나들이의 일종으로 즐기고 있었다.

"천천히 끓일 거니까 해가 저물 즈음 완성되려나……. 달콤한 것도 만들어 왔어. 살짝 데워서 먹으면 맛있을 거야."

라티나가 생각하는 『야외 요리』의 범주는 모험가들의 규격과 어긋나 있었다.

그녀는 모닥불과 냄비의 거리를 솜씨 좋게 조절하고, 소금에 절인 고기를 약한 불로 보글보글 끓였다. 거품을 걷어 완성된 맑은 수프에 잘게 썬 향미 채소를 더했다. 맛은 물론이고 몸을 녹이는 효과가 있는 메뉴를 선택하는 것에서 그녀의 세심함이 느껴졌다.

천막 조립을 끝낸 데일이 모닥불로 다가오자 그녀는 구운 훈제 고기와 치즈를 끼운 빵을 누구보다도 먼저 데일에게 건넸다.

그다음에 파울라 일행에게도 똑같은 것을 만들어 나누어 주었다.

"수프는 잔뜩 만들었으니 마음껏 먹어. 내일 아침은 생각하지 않아도 되니까."

소식하는 라티나는 얇게 자른 빵을 가볍게 굽고 치즈를 한 조각 올려 먹었다. 그리고 수프 맛을 보더니 자신의 요리에 만족했는지 생긋 웃었다.

다른 사람들의 반응도 좋았다. 싹 비워진 냄비를 보고 기쁜 표정을 지은 라티나는 재빨리 냄비를 씻고 물을 끓였다. 그 물로 차를 만든 다음, 자신과 데일 몫의 디저트를 들고서 천막으로 들어갔다.

"너희 몫은 거기 있으니까. 그대로 먹어도 되고, 불에 살짝 구워 먹어도 될 거야. 차는 알아서 끓여 줘."

데일이 지참한 천막은 그와 라티나 두 사람이 들어갈 수 있는 크기였다. 자신들만 천막 안에서 쉬는 것에 라티나는 조금 미안한 얼굴을 했지만, 고용주인 의뢰인이 지참한 천막을 피고용인 측인 모험가가 점거하는 상황은 있을 수 없었다.

그리고 세 사람은 지금까지 줄곧 신경을 곤두세우고 있었다. 감시자인 데일의 눈길이 미치지 않는 곳에서 조금 자유롭게 행동하고 싶기도 할 것이다. 데일이 라티나를 데리고 일찍 천막으로 들어간 것은 그런 배려에서 나온 행동이었다.

결코, 라티나와 둘만의 달콤한 시간을 보내고 싶기 때문은 아니었다.

예전에 라티나와 고향으로 여행 갔을 때, 그는 천막을 펴지 않았다. 지내기 편한 계절이었고 망볼 인원을 확보할 수 없었기 때문이다. 시야가 막히는 환경에서 신속하게 현장을 이탈할 수 없는 것은 아무리 데일이 역전의 모험가라고 해도 피하고 싶은 상황이었다.

이번에는 쌀쌀한 계절이었고 밖에서 망을 보는 인원이 있기에 천막을 준비하게 되었다. 분명한 이유가 있었다. 천막 안에서 모포를 걸치고 따끈따끈한 찻잔을 양손으로 든 라티나의 모습을 독점하기 위해서는 아니었다.

"있지, 데일."

라티나는 과실 콤포트를 넣고 구운 파이를 데일에게 건네며 말했다.

"응? 왜?"

"크리소스 말이야, 조만간 라반드국(이쪽)에 온다고 했어."

뿜었다.

다행히 차나 파이를 입에 넣고 있지는 않았기에 천막 안에서 대참사가 일어나는 일은 면할 수 있었다.

데일이 뿜는 것도 어쩔 수 없는 일이었다. 느닷없이 국가 기밀에 상당하는 발언이었다. 그녀를 『천진』하다고 할 만한 언동이었다.

데일이 그러든 말든 라티나는 나긋하게 말을 이었다.

"크리소스가 저번에 라그의 묘를 보러 오고 싶다고 했으니까…… 이렇게 조사하는 이유도 그것 때문일 거야."

"간단한 일은…… 아니지 않나……?"

데일이 식은땀을 흘리며 쥐어짠 말에 라티나는 살짝 고개를 갸웃했다.

"라반드국과 본격적으로 국교를 개시할 때까지는 좀 더 시간이 걸린대."

"그야, 그렇겠지……."

"하지만 로제 님과 이야기하면서 바실리오와 라반드국은 생활 양식이 너무나 다르다는 것을 알게 됐고, 이대로는 라반드국의 사신을 어떻게 대접하면 좋을지도 알 수 없다는 결론에 이른 모양이라…… 일단 소수로 라반드국의 풍습이나 방식을 배우러 온다는 것 같아."

"아무리 그래도 보통 그런 일에 국주가 직접 나서지는 않을 텐데."

"바실리오에서 『서방대륙어』를 가장 잘 쓰는 사람은…… 크리소스니까."

라티나는 그렇게 말했지만, 그 시스콤 마왕이라면 분명 동생과 만날 기회를 즉각 만든 것이리라.

이유 따위 나중에 갖다 붙였을 것이 틀림없다.

그렇게 생각을 하는 데일은 자신에 대한 크리소스의 발언이 너무하다고 늘 말하지만, 그런 그도 크리소스에 대한 평가가 충분히 너무했다.

피차일반이었다.

"어렵겠지만, 조금이라도 만날 수 있으면 좋겠다."

그렇게 말하며 미소 짓는 라티나의 발언은 매우 상식적이었다.

평범하게 생각하면 국가 요인으로서 타국을 방문하는 크리소스가 서민 동네에 사는 라티나와 만날 기회는 없었다.

'하지만 반드시 만날 기회를 만들겠지…….'

데일이 내심 땀을 흘리는 이유는 크리소스가 동생을 만나길 원한다는 것을 라반드국의 상층부도 확실하게 알고 있을 것이기 때문이었다. 크리소스가 이 나라를 방문할 때, 라티나는 반드시 왕도로 소집되리라. 『백금의 요정 공주』라는 이명을 지닌 그녀와 크리소스가 쌍둥이 자매라는 것은 공작 각하 등도 잘 아는 사실이었다.

바실리오의 공주로서 그대로 사교계에 소개될지도 모른다.

그때 자신은 어떤 위치에 있을까.

데일은 한숨을 쉬고 라티나를 끌어안았다.

그녀가 어리둥절해했지만 신경 쓰지 않고 포옹한 팔에 힘을 주었다. 휴업 기간의 끝이 보이기 시작했다. 지금 있는 힘껏 즐겨야 한다고 이유를 붙였다.

"데일?"

"음…… 라티나, 그러고 보니 물어보고 싶었는데."

"뭘?"

"라티나는 나한테 이성을 소개해도 아무 생각도 안 들어?"

"응?"

커다란 회색 눈을 깜박인 라티나는 놀란 얼굴로 데일을 보았다. 어릴 때부터 『보호자』인 데일에게 친구를 소개했지만, 지금껏 이런 질문을 받은 적은 없었다.

"아델리나 일행 말이야?"

"다른 여자애가 나한테 접근하는 거…… 아무렇지도 않아?"

데일의 물음에는 놀리는 울림이 담겨 있었다.

그래서 라티나는 그다지 심각하지 않게 생각에 잠겼다.

라티나는 자기 자신을 그런대로 질투심이 있는 편이라고 인식하고 있었다.

그것은 그녀의 자기 평가가 낮기 때문이기도 했다.

하지만 동시에 그녀는 데일을 신뢰하고 있었다.

"그치만 데일이 아델리나 일행을 그런 눈으로 안 본다고 알고 있는걸. 게다가……."

뭐라고 말하려던 라티나는 거기서 퍼뜩 놀라 입을 막았다.

그리고 데일에게서 시선을 돌리더니 그대로 침묵했다.

"게다가?"

"……아무것도 아니야."

"그건 아무것도 아닌 태도가 아닌데."

"나는 데일을 의심하지 않아. 정말이야."

그렇게 말하며 땀을 뻘뻘 흘리는 라티나는 확연하게 거동이 수상했다.

"그러고 보니 저번에 나랑 크리소스의 사이가 좋다며 질투했었지."

그것은 바실리오에서 있었던 일이다.

좋지 않은 일을 계획하며 의기투합하는 데일과 크리소스의 모습에 라티나는 두 사람의 사이가 매우 좋다며 조금 질투했었다.

데일의 한마디가 정곡을 찔렀는지 라티나는 더욱 허둥거렸다.

질투한 결과 일어났던 일은 얼굴이 빨개지면서도 식은땀이 나는 복잡한 상태로 만들 만한 것이었다.

"안 해……! 질투라니, 그런 거……."

"저기, 라티나. 전혀 질투해 주지 않는 것도 섭섭하다만?"

"……! 그럼 어떻게 해야 하는 거야……!"

물론 천막이라는 것에 제대로 된 방음성은 없었다.

점점 목소리가 커진 결과, 달달하기 그지없는 대화가 새어 나갔고— 눈이 죽어 버린 3인조가 밖에 늘어서게 됐다는 것을 라티나는 전혀 알아차리지 못했다.

데일에 이르러서는 눈치챘어도 신경 쓰지 않는다는 더욱 심각한 상태였다.

평소와 똑같았다.

아침이 되어 천막에서 기어 나온 라티나를 맞이한 세 사람의 시선은 아주 뜨뜻미지근했다. 그 시선의 의미를 한순간 이해하지 못한 라티나는 조금 어리둥절해했다가 이내 뺨을 새빨갛게 물들였다.

"아…… 아무 일도 없었어! 추우니까 같이 잤을 뿐…… 아무 짓도 안 했어!"

"아…… 응. 알고 있어. 괜찮아."

"정말이야!"

아무 짓도 하지 않았다는 것 역시 천막 밖에서 충분히 알 수 있었지만, 그런 점은 제외하더라도 제대로 염장질을 당했다.

그렇게 라티나가 아델리나와 한창 떠들고 있을 때, 데일도 밖으로 나왔다. 파울라와 엘비라가 데일을 보는 시선은 유감스러운 존재를 보는 것으로 변해 있었다.

동경을 즉각 유감으로 바꾸는 것도 최근 데일에게는 특별한 일이 아니었다.

견디기 힘든 시선 속에서도 라티나는 재빨리 아침을 만들었다. 때때로 「아아」라든가 「으으」 하고 기이한 소리를 낸 것은 정점에 달한 부끄러움을 어떻게든 발산하려는 발악이었다.

"그리고 이런 상태에서도……."

"응."

"맛있어……."

이런 피곤한 상황 속에서 준비한 것임에도 불구하고 라티나가 만든 식사는 양도 맛도 만족스러웠다. 직업이 다르다고는 하지만 압도적인 능력의 차이를 느낀 3인조는 조금 미묘한 표정이 되었다.

†

오랜만에 멀리 나간 라티나의 외출은 이렇게 다소 부끄러운 사건은 있었지만 아무 일도 없이 종료됐다.

하지만 이때 라티나가 했던 폭탄 발언의 주체는 데일이 상상했던 것보다도 일찍 움직임을 보였다.

『춤추는 범고양이』는 정보기관인 『초록의 신』 신전의 출장 기관이라 최신 정보를 얻을 수 있는 장소였다.

그래서 정규 수단으로 처음 그 정보를 얻은 사람은 리타였다.

"바실리오의 사절단이 라반드국에 온다는 것 같아."

"이렇게 빨리?"

케니스의 반응은 당연했고, 데일은 미묘한 표정으로 반응했다. 라티나에 이르러서는 살짝 시선을 피했다.

그녀의 그 반응을 데일은 놓치지 않았다.

"라티나, 너 그 밖에도 뭔가 알고 있는 거야?"

"……말할 수 없어."

"그 말투를 보면 뭔가 더 알고 있는 거구나."

"잠깐만. 너희 뭔가 숨기는 거 있어?"

케니스의 질문에 데일은 다시 한번 라티나를 보고서 대답했다.

"그 사절단에…… 아…… **라티나의 언니**가 섞여 있는 것 같아."

그 말에 케니스와 리타가 굳었다.

『라티나의 언니』가 어떤 입장에 있는 자를 가리키는지 두 사람도 잘 알고 있었다.

라티나는 모두에게서 시선을 돌리고 있었다. 정말로 알기 쉬운 반응이었다.

"라티나?"

케니스까지 물어보자 라티나는 어깨를 움찔했다.

"내가 아는 건…… 크리소스가 사절단에 섞여 있다는 것뿐이야……."

"아니, 너 분명 뭔가 알고 있잖아."

"정말이야…… 다만……."

"다만?"

데일이 더욱 추궁하니 라티나는 매우 난처한 표정으로 그를 보았다.

"크리소스가 뭔가 꾸미고 있을 것 같다고…… 생각했을 뿐이야."

"그야 뭐, 확실히."

즉각 동의하는 데일을 보고 케니스와 리타는 미묘한 얼굴이 되었다. 그런 두 사람에게 데일은 분명하게 잘라 말했다.

"라티나의 언니니까."

"아아……."

"그럼…… 어쩔 수 없겠네……."

그 말에 납득해 모두 납득해버렸다.

'실비아가 가르쳐 준 건…… 크리소스가 이쪽으로 온다는 얘기뿐이었지만…….'

독백한 라티나는 「으음~」 하고 작게 신음하며 고개를 갸웃했다.

라티나는 딱히 무언가를 숨기고 있지는 않았다. 그녀가 아는 정보는 『황금의 왕이 라반드국으로 향한다』는 것뿐이었다.

하지만 그것을 듣고 말로 표현할 수 없는 예감이 든 것은 사실이었다.

'하지만…… 으음…… 설마, 아니겠지……?'

그러나 그것은 어디까지나 예감이었고, 확증은 무엇 하나 없었다.

그렇기에 그녀는 데일에게 그 사실을 이야기하지 않았다.

그리고 그 후 라반드국, 특히 왕도 아오스브리크와 바실리오의 중계점인 크로이츠는 그 화제로 떠들썩해지게 되었다.

소수라고는 하지만, 내방하는 것은 지금껏 국교가 없었던 이국의 사절이었다. 원래부터 『외부에서 찾아오는 것』에 관대한 풍토를 지닌 크로이츠는 타종족에 대한 거부 반응이 적었다.

게다가 그 사절 중에 젊고 아름다운 국왕도 있다고 하니, 도시가 환영 분위기로 들끓는 것도 어쩔 수 없었다.

이번 사절단의 내방, 나아가 마인족의 국가인 바실리오와의 교류를 라반드국 전역에서 환영하는 것은 아니었다.

타종족에 대한 편견을 가진 『인간 절대주의자』가 국내에 존재했고, 요전번에 『재앙의 마왕』이 남긴 상처 때문에 『마왕』을 두려워하는 사람도 있었다. 마왕이 어떤 존재인지를 정확히 모르기에 모든 『마왕』이 『재앙의 마왕』과 동일시되는 경향이 있었다.

그런 와중에도 크로이츠는 우호적인 분위기를 유지하는 보기 드문 지역이라고 할 수 있었다.

"뭐, 그런 족속의 의식을 고치기 위해서도, 젊은 여왕이라는 알기 쉬운 상징은 효과를 발휘하겠지."

크로이츠에 『인간 절대주의』를 외치는 소인배가 나타나 과격하게 반응할 것도 예측할 수 있었다. 그래서 시기를 보아 왕도에서 호위병이 찾아올 것이라고 했다.

"하지만 듣자 하니 이 도시는 라반드국에서도 마인족에게 우호적인 토지로 손꼽힌다더군."

그것은 크로이츠의 일대 파벌인 비영리 조직 때문이기도 했다. 이 집단이 감시의 눈을 번뜩이고 있는 도시에서 마인족, 더 나아가 아이돌의 언니를 대상으로 소동을 일으킬 수 있을 리가 없었다.

"그렇기에 이 도시에서는 마인족도 비교적 안전하게 지낼 수 있다고…….”

“잠깐 기다려.”

거기서 데일은 말을 꺼냈다.

이마를 누르며 고개를 흔들고 라티나를 보았다.

“라티나.”

“왜?”

“설명해.”

“……나한테 물어봐도, 곤란한데…….”

그렇게 말하며 쓰게 웃은 라티나는 살짝 고개를 갸웃했다.

“바실리오의 사절단을 맞이하는 일 관련으로 데일이 왕도에 갔잖아……?”

“그래.”

라티나가 말한 대로, 데일은 며칠간 크로이츠를 떠나 있었다.

그것은 데일이 예상했던 일이기는 했으나, 바실리오의 사절단이 도착하는 것에 맞춰 라티나와 함께 왕도를 방문하라는 요청 때문이었다.

아무리 유감스러운 모습이 일상화된 데일이라고 해도, 공작이 직접 라티나를 데려오라고 하는데 거절할 수는 없었다.

이국의 국왕이 내방한다는 경비상의 기밀도 포함되어 있어서 명령서 한 장으로 끝낼 수는 없었기에 데일은 왕도로 불린 것이다. 그대로 협의를 거친 데일은 준비되어 있던 비룡을 타고 귀가했다.

그리고 귀가한 데일을 기다리고 있던 것은 예상 밖의 사태였다.

"데일이 집을 비운 사이에 일어난 일이기는 하지만…… 나도 빨래하고 있으니 어느새 있던 거라……."

"왜, 있는 거야?"

"나한테 물어봐도……."

지친 얼굴로 데일이 가리킨 곳에는 라티나와 판박이인 여성이 있었다.

굳이 설명할 것도 없이 황금색 눈동자를 지닌 여성이었다.

그녀는 라반드국에서 일반적으로 입는 지극히 평범한 원피스에 깊은 다홍색 볼레로를 걸치고 같은 색 모자를 쓰고 있었다.

본인은 데일에게 발언이 막힌 이후로 그것을 크게 신경 쓰지도 않으며 부지런히 견과류의 껍질을 벗기는 작업에 열중해 있었다.

"리타가 맞이했는데."

"그렇다고 나한테 물어봐도 곤란해."

제일 처음 발견한 리타도 곤혹스러운 얼굴로 대답했다.

"평범하게 문으로 들어왔으니까."

"그야 창문으로 들어오진 않겠지."

그것은 정말로 갑작스러운 일이었다.

아무런 예고도 없이 『춤추는 범고양이』의 문이 열렸을 때, 먼저 리타는 평소처럼 접객용 미소를 지으며 인사했다.

"어서 오……세……?"

그 목소리가 점점 작아지다가 사라진 것은 들어온 손님이 설명할 필요도 없을 만큼 낯익은 인물과 빼닮았기 때문이었다.

그리고 그렇기에 경직되었다.

그 인물은 여기 있을 리가 없는 인물이었다.

리타보다 조금 늦게 그 인물을 알아차린 단골손님들도 움직임을 멈췄다.

단골손님들도 모두 경직되었다.

손님 한 명이 너무 놀란 나머지 들고 있던 맥주잔을 떨어뜨렸다.

덜컹 울려 퍼진 소리에 케니스가 눈썹을 찌푸리며 주방에서 얼굴을 내밀었다.

"대체 무슨 일이길래……."

그리고 케니스도 굳었다.

눈앞에 일어난 사태에 어떻게 반응해야 할지 다들 곤혹스러워하며 공기조차 굳어 버린 듯한 공간에, 눈치 없는 마이페이스 멍멍이가 빼꼼 얼굴을 내밀었다. 주위의 모습 따위 전혀 개의치 않고 앞으로 종종 걸어 나와 손님에게 머리를 비비적 문질렀다.

"오랜만."

"음."

"라티나 부름?"

"음."

빈트는 간결하게 손님과 그런 대화를 나누더니 왔던 방향으로 빙글 반전하여 돌아갔다.

그리고 곧장 라티나를 데리고 가게 안으로 돌아왔다.

앞치마에 손을 닦으며 모습을 나타낸 라티나는 갑자기 불려 나온 것에 의아한 표정을 짓고 있었다. 하지만 그것은 빈트가 향한 곳에 있는 인물을 보면서 곧장 놀란 표정으로 바뀌었다.

그 결과, 라티나가 비명처럼 지른 얼빠진 목소리가 『범고양이』 안에 울려 퍼졌다.

"크리소스?!"

"플라티나!"

친애를 담아 안겨 든 쌍둥이 언니를 뿌리치지도 마주 끌어안지도 못하고 라티나는 눈을 끔뻑였다.

"그게 데일이 돌아오기 조금 전에 일어난 일이야."

"진짜냐……."

여전히 누구도 사정을 파악하지 못한 상황에 귀가한 데일을 맞이하게 되어 현장은 더욱 혼미해진 것이다.

뭐가 그리 마음에 들었는지 모르겠지만, 크리소스는 다 깐 견과류를 작은 그릇에 나눠 담고서 만족스럽게 바라보고 있었다. 특별히 먹으려고 하지는 않았다. 평소 시종들이 모든 것을 정리하는 그녀에게 『껍질이 까져 있지 않은 열매』라는 존재 자체가 흥미로웠을지도 모른다.

"그래서, 왜 있는 거야?"

조금 냉정함을 되찾은 데일이 묻자 작게 견과류 더미를 만든 크리소스가 그를 보았다.

"바실리오는 외부와 오랫동안 교류를 단절했기에, 『마왕』 더 나아가 『마인족』에 관해 인간들은 잘못된 인식을 가지고 있잖은가?"

"뭐, 그렇지. 인간족 나라에서 『마왕』이라고 하면 『재앙의 마왕』을 가리키고, 『마인족』과 『마족』도 혼동되어 쓰여."

마왕이 자신의 힘을 일부 주어 권속으로 삼은 존재를 『마족』이라고 부른다. 『마족』이 되는 것에 제한은 없어서, 의사소통이 가능한 상대라면 『인간』으로 대상이 한정되지도 않았다. 그러나 『마왕』은 마인족에게서 태어나는 존재이기에 가까운 동족을 권속으로 삼는 일이 많았다.

게다가 『마족』의 외관상 특징은 주인이 새긴 『이름』뿐이었다. 지배와 복종의 증거이기도 한 그 『이름』은 보통 심장 위나 이마 같은 급소, 싫어도 버릴 수 없는 곳에 새겨졌다.

데일처럼 『가호』로 분간할 수 있는 자라면 모를까, 그것을 모르는 자는 구별하기 힘들었다.

그렇기에 마왕이나 마족을 막연하게 알 뿐인 인간족은 『마인족』과 『마족』을 혼동하는 자도 적지 않았다.

"나의 이번 방문은 그런 인상을 고치기 위한 것이기도 하지만, 역시 호의적으로 여기지 않는 자도 있겠지."

"뭐, 그야 그렇지."

인간은 일곱『종족』중에서도 그 수가 매우 많았다.

그러다 보니 상황에 따라서는 타종족과 엮일 일이 없기도 해서, 겉모습이 다른 타종족을 기피하는 감각을 낳기도 했다.

『인간 절대주의』라고 불리는 차별적인 감각이지만 전체적으로 봤을 때 결코 드물지는 않은 감각이라고도 할 수 있었다.

"그런 족속은 나의 이번 방문이 마음에 들지 않겠지. 직접 방해하려는 자도 있을지 몰라."

"그야, 뭐."

"그렇기에 사절단에 내 대역을 두고 나는 혼자서 이 도시를 방문한 것이다."

"응. 역시 그건 이상해."

무심코 지적한 데일에 이어 케니스와 단골손님들도 고개를 끄덕였다.

"맞아, 크리소스. 아무리『마왕』은 용사만이 해할 수 있다고는 하지만, 혼자 오다니……."

끼어든 라티나를 보고 자리에 있던 몇몇은 그녀가 태클을 거는 측이라니 보기 드문 일이라고 생각했다.

"일상적인 잡일도 혼자 못 하잖아……?"

"플라티나가 할 줄 안다면 내게도 가능하다."

"확실히 라반드국의 옷은 바실리오의 옷보다 갈아입기 편하지만…… 그렇진 않을 것 같은데."

역시 라티나의 지적은 어딘가 어긋나 있었다.

그리고 그에 답하는 크리소스의 발언도 어딘가 이상했다.

거기서 데일은 문득 생각했다.

바실리오에서 크리소스는 국주라는 입장에 걸맞은 모습을 보여주었다. 그녀의 소질을 의심할 여지는 없었다.

하지만 사정을 모르는 타국에서 국주라는 입장이 사라진다면—남는 것은 곱게 자란 천진한 아가씨다.

"너희는…… 근본적인 부분이 역시 닮았구나……."

"흐아?"

"닮았어도 별수 없지."

『상식을 모른다』는 점에서 라티나보다도 질이 나쁜 천진한 아가씨임을 데일은 깨달았다.

그런 분위기 속에서 또 다른 판박이 아가씨는 마이페이스를 관철한 발언을 서슴없이 꺼냈다.

"……하지만 와 버렸으니 솔직히 이제 어떻게 할 수도 없는 일이라고 생각해."

어쩔 수 없는 일이라며 넘어가도 될 문제는 아니었다.

그녀의 그 발언에는 데일뿐만 아니라 주위 사람들도 아연해했다.

그런 가운데, 라티나는 곤란한 표정을 지으면서도 이어서 입을 열었다.

"그리고 조금 걱정됐던 것도 있으니까……."

"걱정이라니?"

"바실리오의 밥은 라반드국과 전혀 달라."

라티나의 관심은 밥이 맛없는 문화에서 유래한 것이었다.
역시 한결같았다.

"……라티나."

"있지. 그래서 바실리오에서 온 사람들한테도 라반드국의 밥은 처음 보는 것들뿐이야."

"음……."

살짝 어이없다는 표정을 지은 데일과 달리 케니스는 라티나의 발언에 조금 생각하는 모습을 보였다.

"라티나는 바실리오의 사절단이 이대로 라반드국에서 환대를 받으면 문제가 된다고 생각하는 거야?"

"응. 크리소스도 실비아한테 들어서 식문화가 다르다는 건 알고 있겠지만…… 이대로라면 매너 이전의 문제인걸."

"그렇군."

납득한 케니스와 주위 사람들 간의 온도 차이가 생겨났다.

데일뿐만 아니라 질베스터와 리타도, 식사를 추구하는 이 사제에게 다소 기막혀하는 표정을 지었다.

하지만 케니스는 매우 진지한 얼굴로 모두를 보았다.

"이대로라면 바실리오의 사절단을 환대하는 건 상당히 힘든 일이 될 거야. 그렇지? 라티나."

"응…… 바실리오에는 빵도 없어. 전부 본 적도 없는 음식이야.

사절단이 도착하면 크로이츠에서도 왕도에서도 분명 환대하는 잔치가 열릴 텐데, 그때 누군가 전부 설명해 줄까……?"

"설명을 들어도 어렵겠지. 그곳엔 없는 식자재를 쓰는 거잖아?"

"곡물이나 고기라는 건 알 테지만…… 반대로 말하면 그 정도만 알 수 있는 거야."

"그렇게 어려운 일이야?"

고개를 갸우뚱하는 데일에게 케니스는 노골적인 예시를 제시했다.

"내가 예전에 갔었던 나라에서는 거대한 곤충을 단백질원으로 먹었어. 그 나라에서는 일반적인 일이라 대접하는 요리로도 평범하게 나왔지. 작은 벌레라면 먹는 지역도 많으니까 그렇게 부담스러워할 것도 아니지만, 역시 그건 겉모습의 인상이 강렬했어."

마수에 해당하는 대형 생물이라면 식용하기 적합한 부분도 많기에 희한한 사태는 아니나, 구체적인 요리의 외관 묘사는 피하고 싶은 케니스의 발언이었다.

"『초록의 신』 신관들은 그런 처음 보는 식자재도 재밌다고 하지만……."

친구도 속해 있는 그 신의 사도들은 미지의 것에 대한 타고난 호기심 때문에 정신적으로 매우 터프했다.

"모든 사람이 그렇다고는 할 수 없잖아?"

"사전 정보로 알고 있다면 그래도 마음의 준비를 할 수 있겠지만 말이야. 뭐로 만들었는지조차 알 수 없는 요리를 먹으려면 상당한 담력이 필요해. 게다가 문화가 달라서 생기는 문제는 그뿐만이 아니야."

케니스의 말에 라티나는 무언가 생각하는 모습이 되었다.

"저기, 크리소스. 모브의 식사는 마을 사람들보다도 검소하다고 라그가 말했던 것 같은데…… 정말 그래?"

"음? 모브는 백성을 이끄는 자라면 마땅히 그래야 한다는 자세였지. 나의 생각도 같아."

크리소스의 대답을 들은 라티나는 곤란한 얼굴로 데일을 보았다.

"라티나?"

"있지…… 라반드국에서는 손님에게 진수성찬을 잔뜩 차리고…… 환영하는 뜻으로 맛있는 진미를 대접하잖아?"

"뭐, 환대라고 하면 보통 그렇지."

"바실리오에서는 다 먹을 수 없을 만큼 많은 요리를 차리는 건 해서는 안 될 일……이었을 거야."

그렇게 말한 라티나가 크리소스를 보자 그녀는 마침내 쳐다보는 데 질렸는지 견과를 오독오독 씹으며 고개를 끄덕였다.

"그것은 죄악이지."

"그 정도야?"

깜짝 놀란 얼굴이 된 데일에게 크리소스는 아무렇지도 않게 대답했다.

"바실리오는 농작에 적합하지 않은 환경이기도 해서 식량 사정이 좋지 못해. 특권 계급이 폭식에 빠져 식량을 독점하면 백성은 굶게 되지. 있어서는 안 될 일이야."

"그리고 마인족은 인간족보다 적게 먹어도 괜찮아……. 그 부분을 누군가 잘 조절해 줄까……?"

한동안 『범고양이』 안에 침묵이 내려앉았다.

이문화 커뮤니케이션의 문제점이 의외로 제대로 제시되었다.

침묵을 깨고 입을 연 것은 케니스였다.

"……공작 각하라면 보고를 받고 준비하고 있겠지만…… 라티나가 걱정하는 사항은 일단 전달해 두는 편이 좋을지도 몰라."

"……그러네."

머리를 싸맨 데일은 한숨을 쉬며 그렇게 대답했다.

한편 기분을 전환했는지 라티나는 쌍둥이 언니에게 몸을 돌리고 질문했다.

"크리소스는 사절단과 크로이츠에서 합류할 예정이야?"

"그럴 생각이다."

사절단이 바실리오를 출발해 이리로 오고 있다는 정보는 이제 막 들어온 참이었다. 앞으로 사절단 일행은 바실리오 주위의 사막지대를 넘고 마수의 서식지인 『숲』을 돌파해야 했다. 크로이츠에 도착하기까지는 아직 상당한 시간이 필요했다.

"그동안 어디 묵을 거야? 숙소는……."

"그거라면 걱정할 필요 없다. 이 도시에는 그대를 찾는 거점으로 준비했던 저택이 있으니까."

"……어?"

크리소스가 말한『저택』이란 것이 예전에 짧은 재회를 이루었던 서구의 저택이라는 것은 라티나도 추측할 수 있었다.

“지금도 이 나라와 본국의 연락 거점으로 쓰이기에 관리는 계속하게 했다. 황폐해지지는 않았겠지.”

“저기, 하지만, 크리소스…… 혼자 온 거지?”

“음.”

“일상적인 잡일은, 어떻게 하려고……?”

떨리는 목소리로 물은 라티나에게 크리소스는 자신만만한 모습으로 분명하게 대답했다.

“플라티나가 할 수 있는 일이라면 나도 할 수 있다.”

“케니스, 질 씨, 어쩌지! 나도 한동안 서구에서 같이 지내는 편이 좋을까?!”

“진정해, 아가씨.”

“섣불리 라티나가 움직이면 오히려 눈에 띌 거야.”

라티나가 질문하는 상대에서 데일을 제외한 것은, 그라면 한정적이고는 해도 자신이 언니와 함께 생활하는 것을 전면적으로 반대하거나 따라온다고 할 것이 보였기 때문이었다. 그리고『데일이 따라오는』상황에는 크리소스가 한껏 싫다는 얼굴을 할 것이다. 언제나 애정 행각을 벌이는 두 사람을 생각한다면 크리소스의 반응도 어쩔 수 없기는 했다.

자신과 가까운 두 사람의 성격을 잘 알기에 라티나는 자연스러운 흐름으로 적확하게 발언한 것이다.

케니스의 걱정도 허무맹랑한 것은 아니었다. 현재 라티나의 지명도는 크로이츠 **일부**에서 영주조차 가볍게 뛰어넘고 있었다. 그런 그녀가 평소와 다른 행동을 한다면 그만큼 어느 정도 주목을 받게 되리라.

"입이 무거운 자한테 주위를 경계시키기로 하고……."

"문제는 저택 내부에서 때에 따라 시중도 들 수 있는 인물인가."

변두리 술집에 일반 서민이 모여 국가 요인의 경호 체재를 의논하는 것도 이상한 광경이었다. 하지만 그 이상으로, 일개 술집인 이곳에 모인 사람들이 그만한 능력을 가지고 있다는 혼돈이 현실이었다.

"이렇게 된 이상 크리소스의 신원을 모르는 편이 좋지 않을까. 마인족이 라반드국에 관해 모르는 건 그다지 희한한 일이 아닐 테고……. 필요 이상으로 깍듯이 대하지 않는 게 오히려 눈에 덜 띌 것 같아……."

그렇게 한창 시끄럽게 의견을 나누던 도중이었다.

"어머, 어서 오세요."

리타의 목소리에 일동은 입을 다물고 입구를 보았다.

"바쁠 때 왔나?"

그곳에는 모두의 주목을 받아 어색한 얼굴이 된 아델리나 일행이 있었다.

"……나랑 나이가 비슷한 편이 마을 안에서도 눈에 띄지 않겠지……."

"마을 안을 돌아다니는 게 전제인 거야?"

그렇게 말한 케니스에게 데일은 포기한 얼굴로 대답했다.

"호기심 왕성한 라티나의 언니니까……. 돌아다닐 생각이 없었다면 처음부터 이런 일도 벌이지 않았을걸."

"뭐, 그러네."

그리하여 본인들의 동의도 없이 휘말리는 형태로 아델리나 일행 세 사람은 마이페이스 마왕에게 휘둘리게 되었다.

†

버터가 녹으며 독특한 향기를 냈다. 그 쇠냄비에 라티나는 달걀에 담가 뒀던 빵을 재빨리 늘어놓았다. 화력은 약하게 하고 천천히 구웠다.

"단건 쉽게 타니까 불 조절이 중요해."

그렇게 말하면서도 라티나는 가열 시간을 이용해 재빨리 그릇을 준비했다. 테이블 위에 그릇을 늘어놓고 옆에 컵도 놓았다. 찻잎과 뜨거운 물이 가득한 포트는 빵이 다 구워질 무렵에 딱 알맞게 우러나도록 계산해 두었다.

적당한 때를 가늠하여 빵을 뒤집자 노릇노릇하게 구워진 면이 나타났다. 척 보기에도 먹음직스러운 그 모습에 라티나는 솔직하게 기뻐하는 표정을 지었다.

"아이들은 대부분 달콤한 음식을 좋아하잖아. 그건 말이지, 『단맛』은 가장 받아들이기 쉬운 미각이기 때문이래. 쓴맛이나 신맛은 상한 음식의 맛과 상통해서 본능적으로 거북하게 여기는 거야."

"그런 건가……."

"그래서 처음은 단것부터 익숙해지는 게 좋을 것 같았어. 케니스도, 어렸던 내게 영양적이면서 맛이 순한 것부터 줬으니까."

데일과 그런 대화를 나누며, 라티나는 완성된 프렌치토스트가 든 쇠냄비를 들고 테이블로 몸을 돌렸다. 달걀이 안쪽까지 스며들어 촉촉해지도록 구운 이 달콤한 빵은 그녀가 어릴 때부터 아주 좋아하는 음식 중 하나였다.

"자, 이건 에마 거. 테오 건 이쪽."

그렇게 말하며 남매 앞에 놓인 그릇에 빵을 올렸다. 테오뿐만 아니라, 완전히 라티나를 잘 따르게 된 에마도 라티나가 직접 만든 간식에 배시시 웃었다.

"그리고 크리소스 건 여기."

"음."

아이가 셋으로 늘어난 것 같은 광경이었다.

데일은 미적지근한 시선으로 그런 광경을 바라보고 있었다.

늘어선 컵에 포트를 기울여 차를 따랐다. 단것을 그다지 좋아하지 않는 데일 앞에는 그릇이 놓여 있지 않았지만 컵은 그의 몫도 확실히 준비되어 있었다.

하지만 뭐라고 비아냥거리기 전에, 누구보다도 행복한 얼굴로 자리에 앉는 라티나에게 시선이 가고 말았다.

"내 건 이거."

"라티나는 정말로 행복하게 먹는구나……."

"필요한 일이니까 먹는 거야. 내가 먹는 거라면 크리소스도 안심하고 먹을 수 있으니까……."

"음."

변명하듯 말한 라티나와 고개를 끄덕이는 크리소스는 비슷한 동작으로 포크를 쓰고 있었다. 쌍둥이임을 납득하게 되는 모습이었다.

"처음 보는 음식이더라도, 플라티나가 내게 주는 것이 해로울 리 없지."

"변함없이 한결같네."

자신도 만만치 않으면서 타인에게는 잘도 딴죽을 거는 데일이었다.

"하지만 크리소스가 그렇게 말해 준다면 그걸 이용하는 게 가장 좋다고 생각해."

"뭐, 그렇지……. 수장인 크리소스가 주저 없이 먹는 걸 부하가 거부할 수도 없으니까."

바실리오에서 『마왕』은 정치적으로도 종교적으로도 절대적인 권력을 쥐고 있었다.

그런 마왕의 명령이라면 사절단 면면은 독이 든 음식이든 괴이한 잡탕이든 웃으며 비워야만 했다.

거기에 인권 배려는 없었다.

하지만 크리소스에게 심취한 심복들은 그녀가 무리한 일을 강요하지 않는 공정한 인물이라는 것도 이해하고 있었다. 큰 반발이 일어날 일은 없었다.

"그러니 크리소스가 최대한 여러 요리를 접하게 하고 싶은데."

그렇게 대화하는 데일과 라티나 사이에 눈치 없는 어린아이가 끼어들어 그릇을 내밀었다.

"누나. 더 먹을래."

"너무 많이 먹으면 밥을 못 먹게 되니까 안 돼, 테오."

"우우."

"크리소스도 과식하면 울렁거리게 되니까 안 돼."

테오와 마찬가지로 그릇을 가리키는 언니에게도 라티나는 비슷하게 대답했다.

"역시…… 어린아이가 늘어난 것 같아……."

우물우물 정신없이 간식과 격투하는 에마의 컵에 차를 더 따라주면서 데일은 어이없다는 얼굴로 한숨을 쉬었다.

"그러고 보니 아델리나 일행은 어쨌어?"

"지금은 가게 쪽에서 쉬고 있어."

라티나의 말을 듣고 주방에서 점내로 이동한 데일이 본 것은 기진맥진한 표정을 짓고 있는 아델리나와 파울라, 엘비라 세 사람이었다.

"……어, 음…… 괜찮아?"

"……아? ……아…… 데일 씨…… 수고 많으십니다……."

"십니다……."

"아니, 어떻게 봐도 수고하고 있는 건 너희인데."

녹초가 됐으면서도 윗사람인 데일 상대로 자세를 바로잡고 인사하려는 세 사람을 데일은 쓰게 웃으며 제지했다.

"그…… 아…… 응…… 크리소스가, 폐를 끼쳐서 미안……."

약혼자인 라티나의 언니이니 자신과도 가족이라고 판단을 내린 데일은 그녀들을 이렇게 만든 근원에 대한 사죄의 말을 꺼냈다.

그러자 세 사람은 이해해 주는 것이냐는 듯 얼굴을 들었다.

"호위 일이 이렇게 힘들 줄은 몰랐어요……."

"……아마 일반적인 호위 의뢰 상대와는 사정이 다를 거야……."

타국의 국왕이 잠행으로, 심지어 시종 한 명 없이 타국을 방문하는 사태라니 자주 일어날 리 없었다.

"상식이 있는지 없는지도 알 수 없는 행동뿐이라……."

"하우스 키퍼로 보이는 사람이 집안일은 해 주지만, 그 사람들이 언제 나타났는지도 알 수 없고……."

'역시 일단은 바실리오 측 사람이 있는 건가.'

데일은 그렇게 생각했지만 크리소스의 신원을 밝힐 수 없는 이상, 첩보원일지도 모르는 『하우스 키퍼』에 관해 설명하기는 꺼려졌다.

그러나 어느새 집안일이 정리되어 있는 상황은 사정을 모르는 아델리나 일행 입장에서 그저 괴현상일 뿐이었다.

데일은 식은땀을 한 줄기 흘리며 아델리나 일행을 동정했다.

“호위받는 것이 당연하다는 것처럼 반응하다가도 호위를 신경 쓰지 않고서 사라지고…….”

“저번에도 갑자기 없어져서 찾았더니 길고양이 앞에 쭈그려 앉아 있어서…… 무심코 어린애냐고 소리칠 뻔했어요.”

‘그건 라티나도 하는 일이네.’

흥미로운 쪽으로 돌진해 버리는 호기심 왕성한 그녀가 혹여 미아가 되지 않도록 데일은 늘 라티나의 손을 잡고 걸었다.

“그러면서 서민 동네의 북적거리는 곳에 가고 싶어 하고…….”

“동구의 장인 거리에서 없어졌다 싶더니 멋대로 공방에 들어가서 그곳 주인과 차를 마시고 있었고…….”

그녀들이 녹초가 될 만했다.

그렇게 크리소스의 모습을 추측한 데일은 쓴웃음을 흘렸다. 크리소스는 처음 『범고양이』를 방문한 후, 자신이 체재할 예정인 저택으로 이동하면서도 일을 저질렀었다.

†

반쯤 강제적으로 아델리나 일행이 크리소스를 맡게 되었지만, 정작 크리소스는 그 사실에 관해 딱히 아무 생각도 없는 듯했다.

바실리오에서 국왕의 위치에 있는 크리소스는 모든 아랫사람을 숙지하고 있지는 않았다. 이름도 모르는 상대가 시중을 드는 것에도 익숙한 입장이었다.

한편 아델리나 일행도 크리소스의 신원에는 깊은 의문을 품지 않았다. 크리소스가 걸치고 있는 것은 잘 만들어진 고급품이었다. 그것만 봐도 그녀가 유복한 집안의 사람임을 알 수 있었다. 게다가 무엇보다 『범고양이』에서 늘 보는 라티나와 외모가 판박이였다. 이 두 사람이 쌍둥이 자매라는 것은 특별히 설명할 필요가 없었다.

"크리소스, 전에 봤을 때 일부분만 청소되어 있는 인상이었는데…… 일손이 필요해?"

"그때는 갑작스러웠으니까. 내가 갈 예정도 없었지. 그래서 당장 쓸 곳만 정리해 뒀다고 보고받았었다. 이번에는 그렇지도 않을 것이다."

3인조 앞에서 나란히 걷는 라티나와 크리소스의 사이좋은 모습을 봐도 추측을 뒷받침할 수 있었다.

"으음…… 이쪽이던가?"

놀랍게도 크리소스는 서구 어디에 저택이 있는지 분명하게 기억하지 못했다.

데일이 그 점을 지적하자 크리소스는 라티나가 불만스러울 때 그러는 것처럼 살짝 뾰로통한 표정이 되었다.

"딱 한 번 찾아왔던 도시의 지리를 정확하게 기억하는 편이 소수겠지. 게다가 그때는 안내하는 자가 시종일관 붙어 있었으니."

그래서 지금 일동을 선도하며 걷는 것은 라티나였다. 그 뒤를 아델리나 3인조가 따랐고 마지막으로 데일이 빈트와 함께 걷고 있었다. 이 유능한 멍멍이의 능력이 있다면, 라티나의 길 안내마저 불안해졌을 때 어떻게든 대처할 수 있으리라는 묘한 신뢰감 때문에 내린 판단이었다.

"분명…… 이 근처."

"음. 플라티나, 이 길을 들어가야 하지 않았나?"

"아…… 그러네, 여기야."

자매는 서로 기억을 보완하며 서구의 고급 주택가를 걸었다. 데일은 그렇다 쳐도, 일반 서민인 아델리나 일행은 척 보기에도 호사스러운 저택이 늘어선 거리의 모습에 부담스럽다는 표정을 짓고 있었다. 크로이츠의 서민 거리인 남구나 동구와는 전혀 분위기가 달랐다.

이윽고 도착한 저택 앞에서 라티나는 안도하며 발을 멈췄다.

"다행이야, 제대로 기억하고 있었어……."

"음."

크리소스는 점잖게 고개를 끄덕이더니 주저 없이 문을 열어 부지 안으로 들어갔고, 매끈한 열쇠를 꺼내 문에 넣었다. 그리고 고개를 갸웃했다.

"……음?"

"있지, 열쇠는 돌려서 쓰는 거야."

언니의 당황을 가장 먼저 알아차린 라티나가 슬며시 지적했다. 바실리오는 건물 구조상 문이 없어서 크리소스는 평소 열쇠를 쓴 적이 없었다. 그것을 알고 있기에 나온 라티나의 언동이었지만, 뒤에서 그 말을 들은 아델리나 일행의 표정은 딱딱해졌다.

크리소스가 예상보다 더 세상 물정에 어둡다는 것을 깨달았을지도 모른다.

무거운 통짜 나무 문을 열자 밀폐된 방 특유의 갑갑한 공기가 느껴졌다. 하지만 그렇게 먼지가 많지는 않았다. 라티나는 안도하며 숨을 내쉬었다.

"정말이네. 이거라면 **그렇게까지** 청소할 필요는 없겠어."

아직 그녀는 직접 청소할 가능성을 완전히 배제하지 않은 것 같았다.

"내가 쓸 방은 위층 안쪽 방이다. 손님용 응접실과 주방 외에 1층에 하인용 방이 있으니 그대들은 그곳을 쓰도록."

크리소스는 아델리나 일행을 힐끔 보고서 간결하게 지시를 내렸다. 호위이지 손님이 아니기에 객실은 개방하지 않았다. 이토록 훌륭한 저택의 객실이라면 세간에 흠집을 내는 사태조차 무섭다. 그래서 아델리나 일행은 기분 나빠하지 않았고 오히려 안도의 한숨을 토했다.

"플라티나는 묵고 가는가?"

"그러면 오늘 밤이랑 내일 아침에 일을 못 하게 되니까."

언니의 제안을 간단히 거절한 라티나는 원칙적으로 일중독(워커홀릭)이었다.

라티나는 흥미롭게 이곳저곳을 들여다보며 걸었다. 그러다 참을 수 없게 되었는지 크리소스를 돌아보고 들뜬 목소리로 말했다.

"있지, 크리소스. 다른 방도 보고 와도 돼?"

"상관없다."

"……너희도 돌아보고 오는 게 어때? 호위 대상에게서 눈을 떼지 않는 것도 좋지만, 구조를 모르는 곳에선 만족스럽게 일도 할 수 없을 거야."

그 말에 허둥지둥 일어나 이동하는 아델리나 일행을 지켜보고서 데일은 이미 편하게 늘어진 빈트를 보며 크리소스에게 말했다.

"신뢰할 수 있는 녀석들에게 이 저택 주위를 경비시킬 예정이니까 무슨 일 있으면 도와달라고 해. ……뭐, 식료품점이 어디 있는지 길을 묻는 등……경비 말고도 필요할 때가 있을 거야."

"흠."

"너한테 만에 하나 무슨 일이 생기면 라티나가 슬퍼할 테니까. 바실리오와의 상태가 악화되는 것도 사양이야."

"플라티나를 슬프게 하는 일을 내가 할 리가 없잖나."

작은 가슴을 쭉 펴는 크리소스를 보고 데일은 표정을 풀고 쓰게 웃었다.

그 점에 관해 크리소스와 데일은 완전히 의견이 일치했다. 호사스러운 가구가 배치된 응접실은 완전히 라반드국의 양식을 따르고 있었다. 그 소파에 크리소스는 바실리오에 있을 때처럼 여유롭게 앉았다.

데일에게 앉으라고 권하지 않는 점도 포함하여 『평소와 같은』 행동이라 데일도 전혀 신경 쓰지 않고 조용히 시간이 지나기를 기다렸다.

얼마 지나지 않아 라티나가 돌아왔다. 아델리나 일행은 아직 저택 구조를 확인하고 있는 것 같았다. 혼자 돌아온 라티나는 고개를 살짝 기울이고 있었다.

"라티나?"

"응?"

"왜 그래?"

"으음……."

데일이 물어봐도 그녀는 한동안 고개를 갸웃하고 있었지만, 그래도 알아차린 것을 데일에게 전하고자 입을 열었다.

"청소도 그렇지만……. 이 집, 누군가 출입하고 있는 것 같아."

"……뭐, 그렇겠지만…… 뭘 근거로 그렇게 생각했어?"

"부엌 등을 보고 왔거든? 비누 같은 자질구레한 물건도 제대로 준비되어 있었어. 크리소스는 절대 그런 걸 신경 쓰지 못할 테고. 게다가……."

거기서 잠시 말을 멈춘 라티나는 뭐라 표현하기 힘든 미묘한 표정을 지었다.

"부엌에…… 바실리오의…… 식자재가, 있었어……. 오래되지 않은 걸 보면 보충한 지 얼마 안 된 것 같아……."

"아니, 그런 얼굴을 해도……. 역시 고향의 식사가 제일…… 제일인지 아닌지는 차치하고, 익숙하지 않을까?"

그녀의 표정에는 보고 싶지 않은 것을 봐 버렸다는 씁쓸함이 섞여 있었다.

그것을 알고 있는 데일은 쓴웃음을 억누를 수 없었다.

라티나는 표정을 싹 고치더니 소파에 편히 앉은 언니에게 몸을 돌렸다.

"크리소스, 『범고양이』에 오면 밥 먹을 수 있으니까 언제든 와."

"음?"

"데일 몫은 항상 내가 만들거든. 크리소스 것도 내가 만들 테니까…… 같이 먹자."

"음."

라티나는 필사적인 모습으로 언니를 설득했다. 이에 크리소스는 그다지 심각하지 않은 모습으로 수긍하여 동의를 나타냈다.

라티나가 필사적이 되는 것에도 의미가 있었다. 일부러 라반드국까지 왔는데 바실리오 양식의 식사를 해서야 미리 『라반드국의 식사 사정에 익숙해지게 한다』는 계획이 틀어진다.

그리고 라티나도 바실리오와 라반드국의 문화 교류가 진전되어 고향의 식문화가 개선되기를 바라고 있었다.

국왕인 언니의 내방은 라티나의 그 소망을 전진시킬 다시없을 기회였다. 이국에서 자라 다른 가치관을 알게 된 지금의 라티나는 고향의 식문화에 눈물이 날 지경이었다.

"이런저런 맛있는 걸 같이 먹자!"

"흠?"

적어도 소중한 반쪽인 크리소스가 이 나라에 있는 동안에는 『맛있다』는 감각을 맛보게 하겠다며 라티나는 새로이 뜻을 다졌다.

그렇게 크리소스의 라반드국 체재는 라티나의 은밀한 결의와 함께 시작되었다.

도착 직후에도 그런 느낌이었기에 어느 정도는 예상했던 범주였다.

아무튼 불과 며칠간의 체재 중에 크리소스는 여러 가지로 일을 저지르고 있는 듯했다.

친언니라 스스럼없는 라티나나, 크리소스 상대로도 본연의 모습으로 있는 유감스러운 용사라는 태클 요원이 없는 상태에서 보이는 천진한 행동이었다. 멈출 수 있는 사람은 처음부터 존재하지 않았다. 아델리나 일행에게 거기까지 바라기에는 경험치고 뭐고 전부 부족하니 힘들 것이다.

"……아…… 아무튼 이 가게에 있을 때는 내가 돌볼 테니까…… 지금은 사양 말고 편히 쉬어."

"그럼 감사히……."

"그렇게 하겠습니다……."

"습니다……."

축 늘어지는 3인조를 보며 데일은 아무리 생각해도 『호위』가 아니라 『보모』라는 감상을 마음속에 갈무리했다.

주방으로 돌아온 데일을 힐끔 본 크리소스는 전혀 주눅 들지 않은 목소리로 말했다.

"국빈으로 초대된 입장으로는 볼 수 없는 것이야말로 내가 이번에 보고 싶은 것이므로."

"……수확은 있었어?"

"흥미로운 것들뿐이야. 기술과 문화. 보이는 모든 것이 재미있어. 그리고 동시에 우리나라에만 있는 것을 판별할 수도 있어서 의미 있는 기회다."

그런 크리소스의 말에 라티나가 고개를 작게 갸웃했다.

"역시 마법 기술은 바실리오 쪽이 대단하지? 예전에 라그는 이런 저런 것들은 굉장히 간단히 했던 것 같아."

"……라그는 우리나라에서도 손꼽히는 마법 사용자였다. 플라티나."

크리소스의 대답을 듣고 데일은 『라티나의 상식』이 그런 부분에서도 어긋나 있음을 납득했다.

"하지만 마법 이론 등은 역시 우리나라에 일일지장이 있지. 광석 가공 기술도 우리나라는 독자적인 것 같다."

"그건 조금 흥미로운데."

"교역을 개시한다는 건 그런 것 아닌가?"

그렇게 말하고 미소 짓는 크리소스는 확실히 국왕으로서 위에 선 자의 얼굴을 하고 있었다.

하지만 그것과 이것은 별개의 문제였다.

"그렇다고 너무 휘두르지 마."

"안내 역할로는 도움이 되고 있다. 나는 이 도시의 지리에 어두우니 말이야. 욕심을 부리자면 좀 더 경제나 유통에 환한 자가 좋겠으나…….”

“그건 국빈으로 왔을 때 학자라도 불러서 물어봐.”

“나도 크리스스도, 상대가 『용사』가 아니라면 큰 위험은 벌어지지 않을 테니까……. 『다른 마왕』은 지금 존재하지 않고. 데일은 이러니저러니 말은 해도 크리소스에게 위해를 가하진 않을 거잖아?”

순수한 신뢰가 담긴 눈으로 라티나가 올려다보니 민망하기도 해서 데일은 부정하지 못했다.

“윽…….”

“그러니 『호위』로서의 일은 본래 발생하지 않을 테니까…….”

“저기, 라티나. 넌 좀 더 자신의 영향력을 생각해야 해.”

“어?”

한숨을 쉬며 데일이 말하자 라티나는 이상하다는 표정으로 고개를 갸웃했다.

확실히 목숨이 위험하지는 않을 것이다.

『마왕』이라는 점을 제쳐 놓더라도, 『요정 공주』의 명백한 관계자인 크리소스에게 손댈 자는 이 도시에 없다.

그만큼 많은 『구성원』이 이 도시에 흩어져 있었다.

지금도 『춤추는 범고양이』 안에서 단골손님들이 살기와 비슷한 기운을 풍기며 주방(이쪽)의 모습을 살피고 있었다.

단골손님들이 예뻐해 마지않는 『요정 공주』와 똑 닮은 언니.

단골손님들은 크리소스의 신원을 알고 있기에, 이번 기회를 놓치면 아름다운 쌍둥이 자매가 함께 있는 눈호강 광경을 볼 수 없음을 이해하고 있었다.

데일 자신도 예쁜 라티나와 똑같은 얼굴인 크리소스 상대로는, 그녀가 무슨 문제를 일으켜도 마음속으로는 허용하고 말았다. 그런 점에서 그는 더욱 죄질이 나빴다.

그리고 이번에 단골손님들이 살기를 보내고 있는 대상은 쌍둥이 자매를 독점하고 있는 데일이었다.

그런 것을 전혀 신경 쓰지 않는 듯한 마이페이스 쌍둥이 자매를 보며 데일은 다시 한번 한숨을 쉬었다.

"누나니까 어쩔 수 없어."

"어쩌 쑤 업써?"

그 옆에서 테오가 동생 상대로 다 안다는 듯 고개를 주억거리고 있었다.

†

비교적 느긋하게 크로이츠 체재를 만끽하던 크리소스가 아빠의 묘에 가고 싶다는 의향을 나타낸 것은 사절단이 크로이츠에 도착하기까지 아직 시간이 있는 어느 날이었다.

"뭐, 예상은 했던 일이니까……."

"나도 같이 갈게. 라그한테 보고하고 싶어."

라티나의 말에 크리소스는 무슨 당연한 소리를 하냐는 표정을 지었다.

"파울라 일행은…… 두고 가는 편이 좋으려나."

"나랑 크리소스가 마인족 말로 얘기하면 괜찮을지도 모르지만…… 그럼 데일도 알아들을 수 없게 되니까."

"그건 좀 서글픈데."

그렇게 이야기를 나눈 결과, 3인조는 크로이츠에 남기기로 했다.

크리소스의 신원을 밝힐 수 없는 상황에 이 천진한 자매를 완벽히 보조할 자신은 데일에게 없었다.

아빠의 묘 앞에 가면 이 자매는 추억을 포함한 기밀 정보를 평소보다도 많이 흘릴 것 같아서 무서웠다.

'오히려…… 크리소스가 혼자 온 이유 중에는…… 그런 점도 있을지도…….'

데일이 그런 생각에 이른 것은 부하와 시종을 거느리고 있을 때 크리소스는 어디까지나 공인인 『첫째 마왕』이기 때문이었다.

무엇에도 얽매이지 않은 『라티나의 언니 크리소스』로서 죽은 부친을 그리고 싶을지도 모른다.

'뭐. 그렇다고 해도 보통은 실행하지 않겠지만.'

그렇게 독백한 후, 데일은 자신의 장비를 확인했다.

장비라고 해 봤자 오늘 그의 차림은 검은색 마수 가죽 코트에 왼손에 찬 비갑, 허리에 장검이라는 평상시 모습이었다. 저번처럼 야영 준비는 하지 않았다.

계단을 내려가 가게로 향하니 차를 마시며 담소 중인 라티나와 크리소스가 있었다.

단골손님들이 따뜻한 눈으로 바라보든 말든 신경 쓰지 않는 두 사람은 데일이 보기에도 역시 아주 비슷했다.

오늘 라티나는 튼튼한 부츠를 신고 웬일로 긴바지를 입고 있었다. 양손을 자유롭게 쓰기 위해서인지 어깨에 메는 가방을 준비했고, 허리에는 빨간색 가죽 칼집에 넣은 단검 한 자루를 차고 있었다. 묶인 머리도 아울러 대단히 활동적인 인상이었다.

반면 크리소스는 처음 이 가게에 모습을 나타냈을 때 입었던 다홍색 볼레로와 모자, 그리고 원피스 차림이었다. 여성적이기는 하지만 평상시 라티나처럼 여성스러움이 풀풀 풍기는 패션은 아니었다. 그리고 바실리오에서 항상 들고 다니던 왕홀 대신이라는 듯 비슷한 길이의 지팡이를 들고 있었다.

아주 많이 닮았으면서도 전혀 다른 복장인 것도 아저씨들의 눈을 즐겁게 하고 있는 것 같았다.

그런 두 사람의 발밑에서는 빈트가 살랑살랑 꼬리를 흔들고 있었다.

케니스가 데일을 알아차리고 약간 어이없어하며 말했다.

“걱정할 필요 없을지도 모르지만…… 뭐, 방심만큼은 하지 마.”

“솔직히 내가 나설 일도 없을 것 같으니 말이지…….”

데일 혼자서도 과잉 전력이었다. 거기에 섬세한 마력 제어가 특기이며 마법 응용에도 뛰어난 라티나와, 강대한 마력을 타고난 데다가 그것을 제어할 만큼 마법을 수양한 크리소스라는 마법사 자매. 게다가 혼자서도 상황을 판단할 수 있는 환수까지 더해진 멤버였다.

웬만한 모험가 상대로도 지지 않을 멤버였다.

“다녀오겠습니다.”

웃으며 그렇게 말한 라티나에게서 부담감은 보이지 않았다.

요전번에도 그랬지만, 그녀는 마수의 서식지에 가면서도 위험하다고 느끼지 않는 듯했다.

단골손님들에게 손을 흔든 라티나는 정말이지 즐겁게 『춤추는 범고양이』를 나섰다.

앞장서는 형태로 걷는 데일의 한 발자국 뒤에서 라티나와 크리소스가 나란히 걸었다. 데일로서는 라티나와 나란히 걷고 싶었지만 그러면 크리소스도 경쟁하듯 옆에 설 것이다. 예상과 달리 크리소스가 한 걸음 물러나 걷는다고 하더라도, 그 결과 호기심이 발동하여 자유행동을 저지를지도 모르는 그녀를 놓치기라도 한다면 심장에 몹시 좋지 못하다. 결과적으로 데일이 앞장서고 쌍둥이 자매를 중앙에 배치, 충실한 멍멍이가 맨 뒤를 맡는 포진이 되었다.

“『숲』까지는 성인 걸음으로 충분히 당일치기할 수 있는 거리야. 그래도 혹시 몰라서 야영을 준비하는 경우도 많지만…… 이번에는 빈트도 동행하니까 경장으로 가겠어.”

“응.”

“음.”

『숲』속에서 길을 잃거나 일행을 놓치면 조난될 위험도 있다. 하지만 『땅』 속성 마법의 은혜로 방향을 잃지 않는 데일과, 목적하는 인물을 상당히 광범위하게 찾아낼 수 있는 빈트가 포함된 일행이었다. 정석에 해당하는 멤버는 아니었다.

지난번보다도 기후는 상당히 온화하여, 따뜻한 햇볕이 데일의 검은 코트 안에 열기를 채울 정도였다.

그래도 더운 기후가 일상인 바실리오와 비교하면 쌀쌀하게 느껴져도 별수 없을 거라며 라티나는 걱정스러운 얼굴로 옆에 있는 언니의 모습을 살폈다.

"춥진 않아? 괜찮아? 크리소스."

"음? 이 정도는 문제없다."

"평소에는 신전 안에 있잖아. 이렇게 밖에 나오는 일도 없지 않아? 컨디션이 나빠지지 않게 조심해."

크리소스의 들뜬 목소리를 듣고 데일은 쓰게 웃었다. 라티나가 들떠서 신난 모습을 보이는 것은 일상적인 일이지만, 크리소스도 라티나 못지않게 신이 난 듯했다.

"무리하지 말고 몸 상태가 안 좋아지면 반드시 말해. 난 『땅』 속성 회복 마법을 쓸 수 있고, 여차하면 빈트한테 옮겨 달라고 할 수도 있으니까."

"멍."

새끼 멍멍이라고는 하지만 성인 여성 정도라면 쉽게 옮길 수 있는 유능한 멍멍이였다.

"그런 그대는 어떻지? 내 마법으로 그대 주위의 온도를 올릴 수도 내릴 수도 있다."

"난 익숙하니까 괜찮아. 그리고 틈을 봐서 날 얼리려 한다는 것 정도는 알고 있어."

데일의 그 발언에 크리소스는 그저 웃을 뿐이었다.

섣불리 맞다고 긍정하면 라티나가 진심으로 화낼 테니 현명한 대응이라고도 할 수 있었다.

겨울인데도 『숲』은 울창하게 우거진 모습을 유지하고 있었다. 따뜻한 햇볕은 지면에 도달하기 전에 차단되어 한낮인데도 어두웠다.

크리소스는 주위를 빙 둘러보고서 고개를 끄덕였다.

"이곳은 『주황의 신』과 『파랑의(아즈락) 신』, 그리고 『초록의 신』의 신기가 영향을 미치는 땅이라고 들었다만."

"그래?"

고개를 갸웃하는 라티나에게 데일은 미소 지으며 대답했다.

"『신역』으로 여겨지는 장소만큼 은총이 깊지는 않지만 말이야. 마수의 서식지는 비교적 그런 곳이 많다나 봐."

"개척하기 어려운 경우가 많기 때문이지. 사람의 손길이 닿지 않기에 마수가 많아지고, 그로 인해 사람이 관리하기 더욱 어려워져."

"식물이 비정상적으로 번식한 게 이 『숲』의 상태야. 그래서 길을 만들기도 어려울 것 같다만……."

"어렵기는 하나 방도는 있다. 오만하게 이 『숲』 전체를 사람의 영역으로 삼고자 하지 않는다면 어떻게든 할 수 있는 일이지."

크리소스의 자신만만한 모습에는 데일도 조금 감탄했다.

앞을 보는 크리소스에게는 자신이 그리는 미래조차 보이는 것 같았다. 그녀에게는 명확한 향후 구상이 확실하게 정해져 있을 것이다.
그리고 그렇게 생각했기에, 데일은 자신의 그런 감상이 조금 민망해져서 하늘을 올려다보았다.
『숲』속에 발을 들인 데일은 요전번과는 다른 루트로 나아갔다.
라티나는 처음엔 그 사실을 눈치채지 못했지만, 줄곧 낯선 경치가 이어지는 것이 이상했는지 데일의 등을 콕콕 찔러 그를 불렀다.
"데일? 뭔가…… 저번이랑 다른데?"
"오. 눈치챘어? 잠깐 어디 좀 들렀다 가려고. 라티나, 아침부터 뭔가 하던데 점심 준비한 거지? 조금 트인 곳에 가야 휴식도 할 수 있으니까."
데일의 말에 라티나는 가방을 누르며 미소 지었다. 아무래도 정곡이었던 모양이다.
이윽고 시야가 트이며 나타난 공간에는 맑은 개울이 흐르고 있었다.
새로운 장난감을 발견한 것처럼 빈트가 물속에 뛰어들었다. 꼬리를 흔들면서 아주 즐겁게 뛰어다니며 물보라를 주위에 흩뿌렸다.
"아…… 당했네. 비교적 간단히 물고기도 잡을 수 있는 곳이었는데."
이렇게 요란하게 뛰어들었으니 근처에 물고기는 남아 있지 않을 것이다.
그 모습을 온화한 표정으로 보고 있던 라티나는 살며시 데일의 팔을 잡았다.
"라티나?"

"……여긴, 데일이 날 발견해 준 곳이구나."

복잡한 감정을 담아 미소 짓는 라티나를 데일은 끌어안았다.

"라티나가 날 발견한 곳 아닐까? 그때 라티나가 먼저 날 발견하고 옆에 와 줬으니까."

"옆에 와도 된다고…… 데일이 말해 줬기 때문이야."

"검을 찬 낯선 남자 옆으로 가다니…… 무서워할 만한 상황이었어. 역시 라티나가 한 걸음 내디뎠기에 우리는 만날 수 있었던 거라고 난 생각해."

"데일……."

순식간에 자기들만의 세계로 들어간 두 사람을 크리소스는 어이없다는 눈으로 보았다.

"터져라."

물놀이를 잠시 중단하고 중얼거린 빈트에게 크리소스는 들고 있는 지팡이를 빙글빙글 돌리며 짧게 명령했다.

"빈트, 저 두 사람 쪽으로 물보라를 날려라. 가능한가?"

"『바람』 마법으로 잔뜩 날릴 수 있다."

"좋다, 날려라."

그 직후, 때와 장소를 가리지 않는 뜨거운 공간의 온도는 매우 국지적으로 일어난 눈보라로 인해 물리적으로 내려가게 되었다.

눈보라가 그쳤을 때, 데일은 유감스럽게도 영웅이라고 불릴 만한 반응을 보이고 있었다. 검은 코트에는 새하얀 얼음이 달라붙어 있지만 라티나를 그것으로 감싼 듯했다. 데일의 품속에 있는 라티나는 머리 위에 눈이 약간 쌓여 있기는 해도 눈보라의 직격은 피한 모양이었다.

라티나의 백금색 머리카락과 비교하면 흑발인 데일의 머리 위에 쌓인 눈은 더욱 두드러졌다.

그런 두 사람이 뭐라고 입을 열기 전에 크리소스는 부루퉁한 어조로 말했다.

"때와 장소를 가린다는 말을 그대들은 모르는가?"

언니의 항의를 듣고 자신들이 둘만의 세계에 들어가 있었음을 자각한 라티나가 시무룩하게 아래를 보았다.

"죄송합니다……."

"라티나와 내가 애정 행각을 벌이는 건 때도 장소도 관계없이 늘 있는 일이야."

하지만 데일에게서는 전혀 반성하는 모습이 보이지 않았다.

"반성이란 말의 의미도 내가 직접 가르쳐 줘야 할지도 모르겠군……."

"컹."

너무나 당당한 데일의 모습에 크리소스뿐만 아니라 멍멍이까지 유감스럽다는 눈으로 보았지만 데일은 전혀 기죽지 않았다.

눈싸움을 벌이는 데일과 크리소스의 모습은 어떤 의미에서 평소와 똑같았다.

그런 두 사람을 보다 보니 시무룩해 있던 라티나의 표정도 조금 풀어졌다.

"데일도 크리소스도 싸움은 그만하고 점심 먹자."

"고기."

제일 먼저 대답하며 열심히 꼬리를 흔든 빈트가 라티나에게 머리를 비비적비비적 문질렀다.

그제야 다른 두 사람은 한발 늦었음을 깨달았다.

이미 빈트는 당연하다는 태도로 라티나 주위를 빙글빙글 돌고 있었다. 『라티나의 옆』이라는 포지션은 충실한 멍멍이가 독점하고 말았다.

동시에 어깨를 떨군 『시스콤』과 『전 딸바보』는 미묘한 거리를 두고서 이웃하여 앉았다. 라티나의 맞은편이라는 위치를 동시에 선택하는 점을 보면 역시 이 두 사람의 사고 회로는 비슷했다.

"도시락을 만들었는데."

"고기?"

"빈트 것도 있어. 간식 수준일지도 모르지만."

그렇게 말하며 라티나는 빈트 앞에 얇게 썬 고기 꾸러미를 펼쳤다. 그것은 빈트를 위해 일부러 염분을 첨가하지 않고 그녀가 만든 것이었다.

그 후 라티나는 가방에서 인원수만큼 꾸러미를 꺼냈다. 아무리 봐도 소풍 기분이었다. 『물』 마도구인 수통에서 차가운 물을 꺼내 컵에 따라 나눠 주는 모습을 봐도 그랬다.

"정말로…… 아침 일찍 일어났다고 생각하긴 했지만……."

"왠지 즐거워져서 힘이 들어가 버렸어. 돌아갈 때는 짐이 적어지니까 괜찮으려나 싶어서."

생글생글 웃은 라티나는 데일에게 제일 묵직한 꾸러미를 양손으로 건넸다. 나머지 두 꾸러미는 한층 작은 크기였다.

크리소스는 라티나가 물을 꺼낸 수통을 이리저리 돌리며 흥미롭게 보고 있었다.

크리소스와 라티나 자매는 보유 마력량이야 다르지만 사용할 수 있는 마법 속성은 똑같았다. 그런 크리소스이기에 라티나가 『물』 마법을 쓰지 못한다는 것은 누구보다도 잘 알고 있었다.

"……마법을 쓰지 못하는 자도, 속성을 가지지 못한 자도, 『물』 마법을 쓸 수 있다는 건 대단하군."

"뭐, **그게** 가능한 건 『물을 만든다』는 현상으로 한정되지만 말이지. 사용 횟수에도 한도가 있어서 어느 정도 쓰면 다시 사야 해."

"그렇더라도 식수를 운반할 필요가 없는 건 큰 이점이야. 마인족이라고 해도 모두가 『물』 마법을 사용하지는 못해. ……하지만 보급되면 그것대로 다른 문제가 생기겠군……."

중얼중얼 혼잣말하며 자신의 사고 속으로 들어간 언니를 보고 쓰게 웃은 라티나는 자신 몫의 도시락 꾸러미를 펼쳤다. 빵 사이에 채소와 고기를 듬뿍 넣은 샌드위치가 포장지 위에 모습을 나타냈다.

"크리소스랑 내 건 데일 것보다 작지만, 식후에 먹으려고 과자도 가져왔으니까."

"음."

"그건 그렇고 재료를 상당히 듬뿍 넣었네."

"힘이 들어가 버렸어."

"맛있을 것 같아."

화기애애하고 떠들썩하게 식사를 했다.

확실하게 물기를 뺀 생채소 외에 양념으로 새콤짭짤하게 간을 한 채소도 들어 있었다. 그것이 전체적인 맛을 아우르는 소스 역할도 해서, 많은 양에 비해 느끼하지 않게 먹을 수 있었다. 처음에는 훈제 고기만 들어 있는 줄 알았지만, 아무래도 석쇠에 구운 닭고기도 들어 있는 모양이었다. 허브 향과 육즙이 느껴졌다. 정말로 샌드위치 하나에 얼마나 정성을 들인 거냐며 데일은 살짝 쓴웃음 지었다.

'뭐, 맛있지만.'

그렇게 생각하며 절반쯤 먹었을 때, 데일은 입가에 묻은 소스를 날름 핥고서 그대로 왼손에 찬 비갑을 움직였다.

힐끗 시선을 돌려 마력 화살을 두 발 정도 쐈다.

그리고 물 흐르는 듯한 동작으로 비갑을 원래대로 되돌려 아무 일도 없었다는 것처럼 식사를 재개했다.

살랑살랑 꼬리를 흔든 빈트가 데일이 화살을 쏜 곳으로 향했다.

그사이에 라티나와 크리소스는 데일과 빈트의 행동을 알아차리지 못한 채 온화하게 대화를 이어가고 있었다. 라티나가 지참한 과자 상자를 앞에 두고 어떤 것이 있는지 이야기 중이었다.

"라티나, 그건 뭐야?"

데일이 묻자 라티나는 지목받은 과자를 집어 들었다.

"과일 콤포트를 반죽 안에 넣고 구운 거야. 그만큼 반죽의 단맛은 줄였지만…… 데일한테는 달지도."

"그런가."

"이쪽은 건과의 단맛이니까 데일도 괜찮을 거야."

"오."

"정말로 그대들은 방심할 틈도 없이 애정 행각을 벌이는군."

"응?"

과자를 양손으로 들고 먹으며 기막혀하는 크리소스의 말에 라티나는 고개를 갸웃했다.

무자각적인 평상시 행동이 이미 달달하기 그지없다는 것은 크리소스도 이해하고 있었다. 하지만 이해한다고 수용할 수 있는 것은 아니었다.

어느새 돌아온 빈트는 열심히 털을 고르고 있었다.

데일은 빈트가 배부른 얼굴을 하고 있다는 것을 굳이 지적하지 않고서, 라티나가 내민 건과 과자를 입에 넣었다.

개울에서 그리 멀지 않은 곳에 순백색 거석이 조용히 서 있었다.

어린 라티나가 아빠와 사별한 후, 그래도 어떻게든 살아남을 수 있었던 것은 물이 근처에 있었기 때문이지 않을까 하고 데일은 생각했다.

『하늘』 속성과 『어둠』 속성 마법밖에 못 쓰는 라티나는 마법으로 식수를 얻을 수 없다. 아무리 마인족이 튼튼한 종족이더라도 갈증은 죽음과 직결하는 사태였다.

또한 『하늘』 속성의 회복 마법은 범용성이 높으니, 당시 어렸던 라티나도 자력으로 자신의 좋지 않은 몸 상태에 어느 정도는 대처할 수 있었으리라.

그런 점들을 생각하면 그녀의 부친은 『병』 때문에 자신이 죽을 때가 다가오고 있음을 알면서도 마지막까지 딸이 살아날 길을 모색한 것이 아닐까. 그런 사람이었을 것 같았다.

"……너희의 아버지니 말이지. 엄청난 사람이었지?"

"……응."

"물론이다."

불과 며칠 전에 주변을 정리했으나, 건조한 바람에 실려 왔는지 마른 풀과 흙먼지가 묘비에 묻어 있었다. 저번만큼 수고스럽지는 않겠다 싶어서 데일은 풀을 한데 모아 안아 들고 간이 『물』 마법으로 먼지를 씻었다.

"빈트, 주변에 있는 풀도 정리해 줘. 너라면 가능하지?"

"멍."

『바람』 마법에 관해서는 아빠 늑대도 보증하는 멍멍이였다.

대충 청소를 끝낸 데일은 뒤돌며 라티나를 부르려다가 말을 삼켰다.

크리소스가 등을 곧게 펴고서 『노래』를 읊기 시작한 것을 보았기 때문이다. 조금 뒤늦게 라티나도 더듬더듬 같은 음으로 말을 자아냈다.

데일은 마인족 언어로 읊는 그 노래의 모든 의미를 이해하지는 못했다. 그래도 『주황의 신』의 신관 지위를 가진 그는 그것이 일종의 종교 의식임을 알 수 있었다.

'그런가…… 라티나와 크리소스는 『신관』이 아니지만…… 신전에서 나고 자랐지…….'

의례나 종교 의식을 자세히 알더라도 전혀 이상하지 않았다. 다만 인간족 마을에서는 거의 신앙하지 않는 『보라의 신』의 의식은 데일도 낯설어서 처음 보는 것이었다.

그래도 그 노래가 죽은 자를 애도하고 명복을 비는 것임은 알 수 있었다.

기도의 노래가 끝난 뒤로도 자매는 꼭 붙어 선 채 얼굴을 들려고 하지 않았다.

이윽고 라티나와 크리소스는 누가 먼저랄 것도 없이 얼굴을 들었다. 어느새 손을 잡은 두 사람의 모습은 너무나도 자연스러웠다. 어릴 적 두 사람은 이렇게 언제나 함께 있었으리라.

그렇게 한동안 기도의 여운 속에 있는 두 사람을 지켜보던 데일은 이윽고 말을 꺼내 침묵을 깼다.

"……크리소스."

그것은 예전에 떠올랐던 생각을 묻기 위해서였다.

"이런 『숲』속이 아니라…… 제대로 된 묘소에 안치하는 편이 좋을까? 바실리오로 옮길 거라면 내 쪽에서도 사전에 얘기해 둘게."

"음……."

데일의 말에 크리소스는 무언가 생각하는 얼굴이 되었다.

데일은 생각에 잠긴 크리소스와 그 옆에 있는 라티나를 보고 지금껏 숨겼던 사실을 입에 담았다.

"그리고…… 『둘째 마왕』 곁에 있었던…… 그 『보라의 신』 신관은…… 너희의 엄마였던 거지? 그녀의 시신도, 바실리오로 보낼 준비를 해야 하지 않을까?"

이미 그 사실을 알고 있던 크리소스뿐만 아니라 라티나도 큰 동요는 보이지 않았다.

"……라티나."

"모브가, 더는 어디에도 없다는 건…… 바실리오에서 알았으니까……."

죄책감이 묻어나는 데일의 말에 라티나는 희미하게 쓴웃음을 지으며 대답했다.

"데일은, 모브랑 만난 거구나."

"……그래."

"모브, 아름다운 사람이었지?"

라티나에게서 나온 그 말은 데일이 전혀 예기치 못한 것이었다. 조금 어안이 벙벙해졌다. 그런 데일 앞에서 라티나와 크리소스는 비슷한 쓸쓸함이 담긴 미소를 주고받았다.

"라그는 나랑 크리소스를 보고 모브랑 닮았다고 자주 말했었어."

"그랬지."

"모브처럼 아름다운 사람이 됐을지 조금 불안해."

"강한 사람이기도 했다. 나는 왕으로서 분명히 있는 것이야말로 모브의 이름을 더럽히지 않는 최소한의 노력이라고 생각한다."

"라그에게도 모브에게도…… 난 아직 전혀 도달하지 못했어."

"나도 마찬가지다."

두 사람의 대화를 듣고 데일은 안도했다.

부모의 죽음을 애도하면서도, 추억을 공유하는 서로의 존재가 두 사람을 지탱해 주고 있었다.

'……뭐…… 라티나를 지탱하는 게 내가 아닌 건 조금 아쉽기도 하지만.'

그렇게 독백하며, 자신이 모르는 시간을 두 사람이 공유하고 있는 것에 살짝 질투했다.

'하지만…… 라티나와 크리소스는 서로의 존재가 있기에 극복할 수 있었던 게 아주 많았겠지…….'

즐겁게 추억을 이야기하는 두 사람은 진혼의 기도를 올릴 때와 마찬가지로 부모님을 깊이 생각하고 있었다.

두 사람의 모습을 보면 거기 있는 것이 비통한 기억뿐만이 아님도 엿볼 수 있었다. 온화하고 상냥한 분위기가 느껴졌다.

평소에는 한결같이 마이페이스인 빈트도 지금은 두 사람 사이에 끼어들어선 안 된다고 느꼈는지 몸을 쭉 뻗고서 『기다려』 자세가 되어 있었다. 그래도 때때로 귀를 움직이는 것을 보면 주위를 경계하고 있음을 알 수 있었다. 데일이 봐도 빈트는 호위 역할을 충분히 다하고 있었다. 마수의 서식지라는 환경 속에서도 라티나와 크리소스에게 위험은 없었다.

"크리소스, 모브랑 라그는…… 서로를 무척 소중히 여겼던 거지?"

"음."

"모브의 입장이라면 정략결혼 했어도 이상하지 않지만…… 내가 기억하는 두 사람은 그렇게 보이지 않았어."

"모브에게 직접 들을 수는 없었지만…… 주위 사람들에게 들은 이야기로는 모브가 라그를 마음에 품었다고 하더군."

"그렇구나……."

죽은 부모에 관해 이야기하던 두 사람은 거기서 입을 다물었다.

똑같이 생각에 잠겨 있다가, 미리 짜기라도 한 것처럼 똑같은 타이밍에 재차 입을 열었다.

"저기, 크리소스."

"음."

"모브랑 라그를……."

"나도 그렇게 생각했다."

"그래."

그 짧은 대화로 자매는 의사소통을 끝내 버린 듯했다.

마주 잡은 손에 힘을 주고서 미소를 주고받았다.

이런 말을 할 상황이 아님은 알고 있지만 데일은 그런 두 사람의 관계에 살짝 질투가 났다.

그리고 본심을 말하자면 살짝 분했다.

데일은 그런 부분이 정말이지 한결같은 남자였다.

데일 쪽을 돌아본 크리소스는 눈동자에 부드러운 빛을 담고 있었다.

"라그는 이 땅에 사당을 세워 그대로 모실 생각이야. 모브도 이 땅에 함께 매장하고 싶다."

"……이런 곳으로 괜찮아? 고향에 데려가고 싶지 않아……?"

데일이 묻자 라티나가 언니의 말을 보충했다.

"있지, 모브는 신관이었지만 라그는 그렇지 않았어. 바실리오에 가면…… 힘 있는 신관이었던 모브는 신전 안 묘소에 매장되게 돼. 하지만 라그는 그곳에 들어갈 수 없어."

"적어도 앞으로는 함께 있을 수 있도록……. 그건 남겨진 우리의 감상(感傷)에 불과할지도 모르지만."

그런 두 사람의 생각을 들으니 데일은 따로 말할 것이 없었다.

"그럼 내 쪽에서도 얘기해 둘게."

"응, 고마워, 데일."

그렇게 말하고 미소 짓는 데일 옆에서 크리소스는 드물게도 동생과 닮은 온화하고 상냥한 미소를 데일에게 보냈다.

"라그의 사당을 세우는 것과 동시에 바실리오와 라반드국 사이의 길을 이 땅 옆에 낼 생각이다."

"아……."

확실히 양국의 최단 거리에서는 벗어날지도 모르지만 크게 우회하는 위치는 아니었다.

신기가 강한 이 토지에서는 가도를 유지하기 위한 시설도 필요하다. 어쨌든 건축물을 만들어야 했다.

"라그도 모브도…… 호기심이 많아 새로운 사실을 아는 것을 좋아하는 사람이었다. 수많은 사람을 지켜볼 수 있는 땅에, 플라티나의 또 다른 고향인 도시와 바실리오 사이에 있는 편이 고국의 묘소 한구석에 있는 것보다도 그 뜻을 존중하는 일이라는 생각이 든다."

"많이 사람이 모브와 라그를 좋아했으니까…… 두 사람을 그리워하는 사람이 그대로 라반드국을 방문해서 교류도 진전되면 좋겠어."

자매는 그렇게 그리 머지않은 미래의 광경을 떠올렸다. 주고받는 미소는 빼닮은 외모 이상으로 두 사람이 닮았다는 인상을 주었다.

그런 숙연하고 부드러운 시간은—.

"콰앙."

이 상황에 완전히 질려 버린 멍멍이가 데일의 오금을 노리고 공격하면서 끝을 고했다.

"너……! 지금 그런 분위기가……."

지근거리에서 가한 갑작스러운 공격이었으나 데일은 아슬아슬하게 피해 넘어지는 것을 면했다. 하지만 데일의 그 반응을 놀아 주는 것이라고 판단한 빈트는 다시 데일에게 돌격했다.

"그만하라고!"

"컹!"

"저런 녀석으로 정말 좋은가? 라티나."

"나는 데일이니까 좋은 거야."

그렇게 아옹다옹하는 한 사람과 한 마리에게 싸늘한 눈길을 보내는 크리소스를 보며 라티나는 미소 지었다. 그리고 순백색 묘비를 향해 가만히 말했다.

"「나는 무척 행복해. **그때** 라그가 바란 것처럼…… 나는 확실하게 행복해졌어.」"

그렇게 죽은 사람에게 보고하는 동생과 손을 맞잡고서 언니는 다소 무뚝뚝한 목소리를 냈다.

"「『행복해졌다』는 것으로는 부족해. 앞으로 우리는 더 욕심을 내도 되니까.」"

"「『마왕』이니 말이야. 조금은 제멋대로 굴어도 되겠지?」"

"「물론이다.」"

두 사람은 거기서 동시에 웃음을 흘렸다.

"「크리소스가…… 리쏘가 있어 줘서 다행이야.」"

"「나도 마찬가지다. ……라티나.」"

어릴 적에 썼던 애칭으로 서로를 불렀다.

그리고 두 사람은 다시 한번 순백색 묘비를 향해 미소 짓고 그 자리를 뒤로했다.

4. 후일담 번외편.

황금의 아가씨와의 추억. 작은 아가씨의 추억. 그리고 눈 오는 날과

크리소스가 체재 중인 크로이츠에 눈이 내렸다.

예년 눈이 내리는 시기는 이미 지났으니 뜬금없는 폭설이었다. 역시 방한구까지는 준비하지 않았을 것이라며 라티나는 자신의 겨울옷을 안고서 크리소스가 체재하고 있는 서구의 저택까지 달렸다. 정확히 말하자면 달린 것은 빈트였고 라티나는 그 뒤에서 총총 걸어갔다.

미끄러지기 쉬운 눈길이었다. 서두르면 넘어져서 엉덩방아를 찧게 된다. 그것은 과거 눈길에서 몇 번 넘어진 경험이 있는 라티나의 아프고 차가운 추억이었다.

라티나의 옷 취향은 포근포근하고 여성스러운 것이었다. 크리소스가 라티나의 옷인 두툼한 니트를 입으니 평소보다 사랑스러운 인상의 쌍둥이가 늘어서게 되었다. 더운 기후인 바실리오에서 자란 크리소스에게 이 갑작스러운 추위는 견디기 힘들었을 것이다. 『춤추는 범고양이』에 모습을 나타낸 크리소스는 털모자에 목도리도 장착하여 전체적으로 분홍색 양 같은 양상이었다.

"크로이츠는 라반드국에서도 눈이 적게 와서 살짝 쌓일 정도로만 내려……. 이렇게 많이 내리는 건 정말로 오랜만이야."

라티나는 창밖을 내다보는 언니 옆에 앉으며 말했다. 그리고 양손에 들고 있던 컵을 자신과 언니 앞에 두었다. 안에 든 것은 얼핏 보면 깊은 색깔의 레드 와인 같았지만, 과일과 향신료와 설탕을 넣은 따뜻하고 달콤한 음료였다.

후우후우 입김을 불고서 라티나는 그것을 마셨다.

케니스에게 직접 전수받은 레시피로 만든 이 글루바인은 라티나가 어릴 때부터 겨울이 되면 늘 만드는 것이었다. 원래는 뼛속까지 얼어붙은 상태로 귀가하는 데일을 위해 배운 것이었으나 『어른』이 된 지금은 그녀도 마시게 되었다. 하지만 라티나는 알코올에 약해서 한 모금만 마셔도 새빨개져 버렸다. 그래서 그녀가 자기 몫으로 만드는 것은 늘 확실하게 알코올 성분이 날아가 있었다.

라티나의 목소리도 그다지 귀에 들어오지 않는 모습으로 크리소스는 열심히 밖을 내다보고 있었다. 상당히 추워하며 글루바인을 홀짝이는 라티나의 모습을 보건대 서구에서 이 가게에 오면서도 꽤 우회한 듯했다. 그런 모습이 훤히 보였다.

데일은 두 사람을 보고 옛날을 떠올리며 미소 지었다.

"라티나도 처음 눈을 봤을 때는 잔뜩 신이 나서 큰일이었지……."

"그치만 바실리오에서는 눈을 본 적이 없었는걸."

"그것도 그러네……."

건조 지대에 둘러싸여 기후가 매우 다른 바실리오를 보고 나니 그녀의 그 주장에도 고개를 끄덕이게 되었다.

처음 라티나가 크로이츠에 왔던 해에 내렸던 첫눈은 거리를 하얗게 살짝 덮을 정도였지만, 그럼에도 그녀는 종일 대단히 들떠 있었다. 매우 흥분한 채 창문에 달라붙어서, 손님들의 불평도 들리지 않는 모습으로 몇 번이고 창문을 열어 밖을 보았다.

보다 못한 데일이 밖으로 데리고 나가자 라티나는 쓰고 있던 후드를 거치적거린다며 곧장 벗어 버렸다. 그리고서 훌훌 눈이 떨어지는 회색 하늘을 질리지도 않고 올려다보았다.

그녀에게 물러 터진 데일도 어이없어하며, 마을과 마찬가지로 살짝 눈이 쌓인 백금색 머리카락을 다소 거칠게 털었다. 이대로 그녀의 성이 찰 때까지 내버려 두면 감기에 걸릴지도 몰랐다. 아직 만족하지 못한 듯한 라티나를 데리고 가게 안으로 돌아가니 그런 그녀의 모습을 내다본 듯한 케니스가 목욕물을 준비해 둔 상태였고, 그녀는 곧장 욕실로 보내지게 되었다.

최근에는 그렇게까지 흥분하는 일은 적어졌지만, 역시 평소와는 다른 거리 풍경에 라티나가 정신이 팔려 버린다는 것을 데일은 잘 알고 있었다.

그래도 그런 자신보다 흥분한 언니를 보면서 라티나는 새침한 얼굴을 하고 있었다. 그것 또한 알고 있는 데일은 슬며시 옆으로 고개를 돌리고 참지 못하게 된 웃음을 흘렸다.

"이 상태라면 내일 쌓이려나."

"쌓이는 건가?"

"응. 아이들이 눈놀이를 할 수 있을 만큼 쌓일 것 같아……. 하지만 눈길을 걸을 때는 조심해야 하니까…… 크리소스는 내일 무리해서 외출하지 않는 편이 좋을지도……."

"그런 말을 내가 들을 리 없잖은가."

"흐아?"

자신의 말을 크리소스가 분명하게 차단해서 라티나는 얼떨떨한 표정을 지었다. 그런 라티나를 보고 어이없다는 얼굴을 한 것은 데일 쪽이었다.

"그렇게 말하면서 라티나 너도 옛날부터 얌전히 있던 적 없잖아."

"그렇지."

"그러네."

『범고양이』의 주인 부부마저 즉각 동의하자 라티나는 살짝 뺨을 부풀렸다. 역시 언니 앞에서 조금은 어른스러운 태도를 보이고 있었던 모양이다.

"하지만 서구에는 일찍 돌아가는 편이 좋아. 모습을 보니 정말로 꽤 쌓일 것 같으니까."

눈이 많이 내리는 토지에서 태어난 데일에게는 대단할 것 없는 양이지만, 익숙하지 않은 크리소스는 걷기도 힘들어질 것이다.

"아델리나 일행이 눈을 치워 주겠지만, 그래도……."

"오늘은 이곳에 묵기로 할까."

"응?"

"흐아?"

데일이 말하는 도중에 크리소스는 실로 시원스럽게 내뱉었다. 냉큼 케니스 쪽으로 몸을 돌리고 교섭에 들어갔다.

“내가 플라티나의 가족이라고는 하나, 정규 요금을 청구해도 상관없다. 빈방은 있나?”

“오…….”

케니스도 이 전개는 예상하지 못한 듯했다. 크리소스의 질문에 시선이 이리저리 방황했다.

아무리 크리소스가 신경 쓰지 않는다고 해도 이곳은 일국의 군주가 묵을 만한 여관은 아니었다. 그리고 무엇보다 단골손님 일동이 예뻐해 마지않는『요정 공주』의 언니를 일반객과 같은 층 객실에 묵게 해도 될지 판단할 수 없었다.

하지만 그렇다고 이런 악천후에 다른 손님을 내쫓을 수도 없었다.

“……크리소스.”

“뭐지.”

“내 방을 쓸래?”

이 사태를 방치할 수 없게 된 데일의 제안에 크리소스는 반사적으로 싫다는 표정을 지었다. 데일의 방이라는 것은 그가 일상적으로 라티나와 사랑을 나누며 애정 행각을 벌이는 방이었다. 크리소스의 반응도 어쩔 수 없었다.

“그러면 밤새 라티나랑 느긋하게 보낼 수 있어.”

“음.”

하지만 그 한마디에 크리소스의 반응이 긍정적으로 바뀌었다.

언니의 반응을 본 라티나가 조용히 의자에서 일어났다. 그대로 주방 안쪽으로 향한 것은 다락방을 청소하고 침구를 갈기 위해서일 것이다.

"나는 객실을 쓸게……라고 하고 싶지만, 만에 하나 무슨 일이 벌어지면 곤란하니까 계단 근처에 있겠어."

"그대의 존재 자체가 내게는 위협 아닌가?"

"라티나가 울 테니까 그럴 일은 없어."

"그도 그렇군."

이 유감스러운 용사 앞에서 그 대사는 묘한 설득력이 있었다.

이리하여 크리소스는『첫 외박』을 하게 되었다.

불쌍하게도 호위 3인조를 서구에 남겨 둔 채 잊어버렸다는 것을 아무도 알아차리지 못했다.

『범고양이』의 야간 영업이 시작되기 전에 입욕을 마치는 것이 라티나의 평상시 생활 패턴이었다. 바쁜 케니스와 리타 대신 어릴 적 테오, 그리고 지금은 에마의 목욕을 돕는 것도 그 시간대였다.

평소에는 종자에게 목욕 시중을 받는 크리소스에게서 눈을 떼기 무섭기도 하고, 라반드국에 보급된 마도구가 바실리오에는 없기도 해서, 이번에 라티나는 크리소스와 함께 입욕한 것 같았다.『범고양이』의 욕실 앞에서 충견이 확실하게 지키고 있었기에 데일도 그저 추정할 뿐이었다.

두 사람이 이야기하는 소리가 들려와서 데일은 입욕이 끝났음을 깨달았다. 별생각 없이 시선을 들었다가 움직임을 멈췄다.

"오…… 오오?"

"데일?"

그의 반응에 라티나가 이상하다는 듯 고개를 갸웃했다.

"아니…… 역시 너희는 닮았구나 싶어서……."

라티나의 평상복은 데일에게도 익숙했다. 하지만 그것을 크리소스가 입은 모습은 신선했다. 두 사람은 눈동자 색뿐만 아니라 체형도 다르지만, 두툼한 니트는 몸매를 드러내지 않았다. 대충 보면 누가 누구인지 착각할 것 같았다.

'뭐, 그렇다고 내가 라티나를 분간하지 못할 일은 없겠지만 말이야.'

그것은 데일에게 있어 양보할 수 없는 부분이었다.

"와아…… 꽤 쌓였다……."

창밖을 본 라티나가 환호했다. 그녀는 크리소스와 함께 창문에 달라붙어 어린아이처럼 밖을 내다보았다.

"이거 내일은 큰일이겠네."

"큰일이라 함은?"

"크로이츠에서는 눈이 잔뜩 내리면 온 마을의 아이들이 모여서 눈싸움 대회를 벌이거든."

"음?"

"에마는 아직 어리니까 무리지만…… 테오는 가지 않을까? 나도 보러 가 볼까."

라티나는 신난 모습으로 설명했지만 크리소스는 이해하지 못한 것 같았다. 바실리오에서 자란 크리소스에게는 『눈놀이』라는 개념이 없을 것이다. 무리도 아니었다.

라티나가 말한 『눈싸움 대회』는 크로이츠의 아이들 사이에서 폭설 후 전통 행사가 되기 시작했지만, 발단은 라티나가 크로이츠에 온 다음 해의 겨울날에 있었던 일 때문이었다.

그때 일을 떠올리고 데일은 살며시 미소 지었다.

어린 라티나는 『눈싸움 대회』 전날부터 잔뜩 들떠서 정말 큰일이었다.

†

라티나가 크로이츠에 오고 다음 해, 아홉 살의 겨울.

기록적인 폭설이 내렸다. 안 그래도 이 해에는 눈이 자주 내려서, 추워서 이불 밖으로 나가지 못하는 것이 아닐까 데일은 염려했으나 라티나는 매일 일찍 일어났다. 누구도 밟지 않은 눈에 발자국을 찍는 놀이를 위해서였다.

그런 조촐한 양의 적설조차 크로이츠의 아이들에게는 큰 관심거리였다.

눈이 며칠을 더 내리다가 다음 날에는 그칠 듯하게 되었을 때, 아이들 사이에서 중대한 쟁점이 발생했다.

크로이츠 중심부에 있는 광장의 사용권 때문이었다.

십자 형태인 크로이츠의 중심부에는 정치의 중심인 영주관이 있었다. 그와 동시에 그곳은 시장을 열거나 주민이 쉴 수 있도록 광장으로 정비돼 개방되어 있었다. 이 광장은 크로이츠의 아이들에게도 중요한 놀이터였다. 심지어 이렇게 눈이 펑펑 내렸으니 할 수 있는 눈놀이는 평소와 비교도 되지 않았다.

누가 중심부 광장에서 노는가. 그것은 아이들에게 커다란 관심사였다.

"누가 차지할지 다툴 게 아니라, 모처럼이니까 다 같이 노는 편이 재밌을 것 같지 않아?"

『노랑의 신』 신전의 학교 안에서 내리는 눈을 보며 어떤 소녀가 꺼낸 말이 그 돌파구가 되었다.

"다 같이 함께…… 왠지 그것만으로도 떠들썩하고 즐거울 것 같다는 생각 안 들어?"

"……대규모 기획은 그것만으로도 즐겁지. 차가우니까 난 그냥 보는 걸로 만족이지만."

소녀가 말하자 그녀의 친구가 무언가를 꾸미는 듯한 얼굴로 동의했다. 그리고 그런 친구들을 보며 또 다른 소녀가 양손을 마주하고서 나긋하게 미소 지었다.

"우와아아…… 재밌을 것 같아. 뭐 하려고? 라티나도 도울 거 있어?"

이 해 『노랑의 신』 신전의 학교에는 묘하게 실행력 있는 소녀들이 모여 있었다.

묘하게 리더십을 발휘하는 소녀를 중심으로, 묘하게 정보 조작이 특기인 소녀가 일단은 학교에 있는 아이들에게 훌륭한 수완으로 그 기획을 주지시켰다. 그리고 묘하게 카리스마 있는 소녀의 존재로 인해 큰 혼란도 반대 의견도 발생하지 않았다.

게다가 묘하게 카리스마 있는 소녀의 『카리스마』는 또래 아이들 이외에게도 발휘되었다.

"있지, 있지. 라티나, 눈이 그치면 다 같이 눈싸움할 거야!"

"오…… 그래? 아가씨. 기대하고 있나 보네."

"응. 잔뜩, 잔뜩 놀 거야!"

그녀는 그렇게 『춤추는 범고양이』를 찾아온 단골손님 모두에게 웃으며 보고했다. 그만큼 그녀가 기대하고 있다는 것이 매우 잘 전달되는 얼굴이었다.

다만 이렇게 눈이 많이 내릴 때는 『춤추는 범고양이』에 마을 사람들이 부탁한 『눈 치우기』 의뢰가 다수 모였다. 모험가 쪽에서도 이런 악천후에 마수를 퇴치하러 나가고 싶지는 않았다. 쌍방의 이해가 일치하여 비교적 잘 나가는 의뢰였다.

그 결과, 『우리의 요정 공주가 눈싸움을 대단히 기대하고 있다』는 정보를 얻은 모험가들은 크로이츠 전역에 그것을 퍼뜨렸다.

그러면서 크로이츠에 사는 모든 사람이 『눈싸움 대회』를 알게 되었다.

그리고 눈싸움을 하루 앞둔 날.

라티나는 종일 들떠 있었다. 더는 기다릴 수 없다는 듯 몇 번이고 밖에 나갔다.

"라티나, 그렇게 밖에 나가고 싶으면…… 겸사겸사 가게 앞에 쌓인 눈이라도 치울까?"

"응!"

"내 고향은 눈이 많이 내렸으니까…… 쉽게 치우는 법을 가르쳐 줄게. 평범하게 하면 굉장히 고된 일이니 말이야."

곧장 겉옷을 들고 달려온 라티나를 보고 웃으며 데일은 그녀에게 단단히 목도리를 감았다.

"케니스, 눈은 가게 옆에 쌓아 두면 돼?"

"슬슬 없애 버리고 싶긴 한데…… 할 수 있겠어?"

"나도 『불』 속성 마법은 못 쓰지만…… 뭐, 『하늘』 속성 마법으로 할 수도 있으니까 라티나한테 부탁하면……."

그렇게 말하면서 데일은 옆에 있는 라티나를 보았다. 그녀는 모처럼 생긴 눈 무더기가 정리될지도 모른다는 것에 아연실색한 얼굴을 하고 있었다. 그런 그녀의 모습을 보고 데일은 케니스를 향해 쓰게 웃었다.

"……한동안은 그대로 둬도 되지 않을까."

"뭐, 그러네."

데일뿐만 아니라 케니스도 이 작고 사랑스러운 제자라면 껌뻑 죽었다.

"어차피 쌓아 둘 거면…… 눈사람으로 만들까."

"눈사람?"

"머리를 만드는 건 라티나 역할이야."

그렇게 웃으며 데일은 그녀를 데리고 가게 밖으로 나갔다.

눈 치우는 일 자체는 라티나가 빨리 배우기도 해서 순식간에 끝났지만, 그 후에도 데일은 그녀와 오래도록 눈놀이를 함께했다. 이미 치워서 쌓아 뒀던 눈 무더기의 형태를 정돈하고, 라티나와 함께 만든 커다란 눈덩이를 머리 삼아 올렸다. 자신보다도 큰 눈사람이 완성되자 라티나는 회색 눈을 동그랗게 떴다.

"케니스한테 숯을 받아 왔으니까 이걸로 얼굴 만들어 볼래?"

"응!"

라티나는 데일에게 받은 숯을 들고 진지한 표정으로 눈사람과 대치했다. 순백색 눈에 숯. 단판 승부라며 기합을 넣은 라티나는 눈덩이 중심에 코가 될 숯을 꽂았다.

그녀는 이럴 때 의외로 과감했다.

"라티나가 만드니까 왠지 애교 있는 얼굴이 되네. 라티나, 귀여운 걸 좋아하니 말이야."

그것을 바라보는 데일은 추위 따위 전혀 존재하지 않는다는 것처럼 봄날 같은 표정을 짓고 있었다.

라티나가 너무나 즐거워했기에, 가게에서 얼굴을 내민 케니스가 「적당히 안 하면 감기 걸릴 거야」 하고 일갈할 때까지 데일은 그녀와 눈놀이를 즐겼다.

수많은 부하 스노우맨에게 둘러싸인 킹스노우맨은 이날 『춤추는 범고양이』를 찾아온 손님들을 흠칫 놀라게 했다.

다음 날 아침, 라티나가 만든 눈사람은 머리가 떨어져 있었다.

라티나는 시무룩해했지만 그녀의 투지를 꺾을 정도는 아니었다. 오늘은 기다리고 기다리던 눈싸움 대회가 열리는 날이었다. 울적해 있을 여유 따위 없었다.

"오늘이야말로 루디를 혼내 줄 거야!"

즐겨 입는 두툼한 크림색 상의에 분홍색 털모자와 목도리, 장갑 3종 세트를 장비한 라티나는 그렇게 『춤추는 범고양이』 앞에서 기세를 올렸다.

"나도 보러 가고 싶었는데…… 정말로 가고 싶었는데……."

"아무리 가고 싶어도 약속이 있으니까, 개인적인 이유로 바꿀 수는 없잖아."

어이없어하는 리타에게 데일은 실망한 모습을 감추지 않으며 어두운 눈길을 보냈다.

"역시 신전의 호출을 무시할 수는 없지……. 일단 내 본업은 **그쪽**이고……."

가끔 잊어버리게 되지만 데일은 본래 고위 『가호』를 지닌 신관 지위를 가지고 있었다. 신이 내리는 『가호』는 선천적인 것이기는 하나, 그는 『주황의 신』의 성역이라고 불리는 고향에서 신관으로서

제사를 집행할 수 있을 만한 수행을 끝낸 상태였다. 실제로 데일의 공적인 직업은 『주황의 신』의 고위 신관이었다. 『용사』라고 불리는 거친 일 전문가로서의 얼굴은 사냥꾼 일족으로서 익힌 기술과, 신관이자 일족의 당주로서 익힌 교양의 부차적인 것이라고, 적어도 데일 자신은 생각하고 있었다.

그럴 만도 한 것이 본래 『용사』라는 것은 『마왕의 대존재』를 뜻하는 명칭이었다. 『용사라는 직업』은 존재하지 않았다.

"……하지만, 뭐…… 즐겁게 놀다 와, 라티나."

"응!"

"아아아아…… 뛰지 마, 뛰지 마! 위험하니까!"

힘차게 손을 흔들며 중앙 광장으로 달려가는 라티나를 데일은 웃으며 지켜보았다. 그 표정이 싸늘하게 식은 것은 무너진 눈사람으로 몸을 돌렸을 때였다.

"여, 데일."

"응."

마침 가게를 찾아온 질베스터가 그런 데일의 모습을 발견했다.

"……발자국이 있군."

"뭐…… 술주정뱅이 짓이겠지."

"……이 주변에는 많으니까."

"흔한 일이야."

"그렇지."

눈사람 앞에서 두 사람은 그런 대화를 나누었다. 그들의 표정에서 웃음기라고는 찾아볼 수 없었다. 그 사랑스러운 소녀가 활짝 웃으며 눈사람의 완성을 온몸으로 기뻐하던 모습을 두 사람은 확실하게 기억하고 있었다.

발자국이라는 증거를 두 사람은 한동안 응시했다.

새하얀 눈으로 덮인 크로이츠의 거리는 그것만으로도 라티나의 마음을 들뜨게 했다. 길옆에 쌓인 나무 상자나 잡동사니 등 평소 마을에서 볼 수 있는 것들이 눈에 덮여 모습을 감추고 있었다. 그뿐만이 아니라 부드러운 곡선을 그리는 눈 모자가 그것들을 오브제처럼 보이게 했다.

처마 끝에서 눈이 툭 떨어지는 소리에 라티나는 깜짝 놀라 돌아보았고, 방금 막 떨어진 눈 무더기로 다가가 신발 끝으로 톡톡 건드렸다. 뽀드득한 감촉에 웃음이 나왔다.

그대로 놀이를 시작하고 싶다는 유혹을 뿌리치고 몸을 돌렸다.

항상 걷는 길인데도 눈에 발이 푹푹 빠져서 나아가기 어려웠다. 하지만 남구는 여행자를 대상으로 한 상업 지역이기도 해서 일부 상점 주인은 이미 가게 앞의 눈을 치우기 시작하고 있었다. 그곳을 골라 걸었다. 그러나 이내 뭔가 부족하다는 생각이 든 라티나는 일부러 눈이 남은 루트로 걸음을 옮겼다.

크로이츠의 중심 광장에는 이미 낯익은 얼굴들이 드문드문 있었다.

대형 이벤트가 되기는 했지만 진행자나 명확한 규칙이 있지는 않았다.

그러나 광장 한쪽에 사람이 모여 있는 모습을 보고 라티나는 종종걸음으로 다가갔다. 그 중심에서는 서민 동네에 사는 아이보다 좋은 코트를 입은 갈색 머리 친구가 아이들에게 지시를 내리고 있었다.

"실비아, 안녕!"

"아. 라티나, 안녕~."

다가오는 라티나를 알아차리고 팔랑팔랑 손을 흔든 실비아는 생긋 웃었다.

"뭐 해?"

"눈, 차가우니까. 난 이번에 보기만 할 거야. 하지만 그냥 보기만 하는 것도 재미없으니까 운영 역할을 맡았어."

"같이 안 노는데 즐거워?"

그래도 친구가 왠지 즐거워 보여서 라티나는 고개를 갸웃했다. 『모두와 함께 노는 것이 즐겁지 않다』는 발상은 라티나에게 없었다. 차갑다는 사소한 고난 정도는 라티나의 그 『즐거움』을 방해하지 못했다.

"즐거워~ 이렇게 많은 사람을 내 생각대로 움직일 수 있는걸……. 당연히 즐겁지."

"흐응?"

친구와 자신의 가치관이 다르다는 것을 라티나는 알고 있었다.

"나와 마찬가지로 지시하는 역할을 좋아하는 아이도 있고, 운동 못 하는 아이도 많으니까. 하지만 모처럼 하는 축제니 다들 참가는 하고 싶은 거야. 그런 고로 라티나, 이거 뽑아."

"응."

친구가 내민 상자에서 막대기를 하나 뽑자 끝에 검은 표식이 있었다. 그것을 확인한 실비아는 자신의 뒤쪽을 가리켰다.

"라티나는 오른쪽조~ 저쪽 그룹으로 가면 돼."

"응."

실비아가 가리킨 곳에는 많은 아이가 모여 있었다. 조금 떨어진 곳에 또 다른 그룹도 있었다. 실비아의 목소리에 반응한 다른 아이가 지면에 표식을 새기는 것을 보면 각각의 수를 파악하며 그룹을 나누고 있는 듯했다. 그렇게 라티나는 친구의 행동을 파악했다.

참고로 그룹을 『오른쪽』과 『왼쪽』으로 나눈 것도 운영 측의 배려였다.

안이하게 색깔 이름을, 특히 한쪽에 『빨강』을 붙이면 다른 팀이 크게 반발하게 된다. 『빨강의 신(아흐마르)』이 전쟁의 신이라는 것은 어린아이도 아는 사실이었다.

동서남북도 곤란하다. 크로이츠는 동서남북으로 구획이 나뉘어 있었다. 아이들도 다들 자신이 속한 구획에는 어느 정도 애착이 있었다. 그리고 동구와 남구의 아이들은 역시 서구의 고급 주택가에 사는 아이들에게 다소 생각하는 바가 있거나 북구 귀족가에 반발심을 가지고 있었다.

그런 감정들을 확실하게 배려하는 운영은 꽤 우수했다.

『오른쪽』 그룹으로 간 라티나는 거기서 친구의 모습을 발견하고 조금 안도한 얼굴이 되었다. 역시 주위에 아는 사람이 없는 상태는 불안했다.

“마르셀!”

“안녕, 라티나.”

주위를 두리번거렸지만 마르셀 말고 『평상시 멤버』는 보이지 않았다. 그녀의 의문을 간파했는지 마르셀은 느긋하게 말했다.

“클로에랑 루디는 저쪽 팀이야. 안토니는 실비아한테 끌려다니고 있었으니까 주변을 바삐 돌아다니고 있지 않을까?”

“그렇구나.”

절친인 클로에와는 팀이 나뉘고 말았지만 라티나는 비관하지 않았다. 그녀에게는 『루디와 팀이 나뉜 것』이 더 중요했다.

그러는 사이에 아이들의 수가 많아지면서 라티나가 아는 아이의 수도 늘어났다. 학교에서 같은 반인 아이도 많았고, 나이가 다르더라도 광장에서 같이 논 적이 있는 아이도 있었다. 요 1년 반 사이에 라티나의 친구 수는 크게 늘어났다.

“오늘은 라티나, 반드시 루디를 혼내 줄 거야!”

마르셀에게 오늘의 포부를 말하는 라티나는 이미 흥분한 기색이었다.

“그렇게 루디를 혼내 주고 싶어?”

마르셀은 솜씨 좋게 눈덩이를 양산하며 그녀의 울분을 들었다.

온화한 성격의 이 소년은 남의 이야기를 참 잘 들어 주었다.

그런 마르셀 못지않은 기세로 라티나도 눈덩이를 만들어 갔기에 그녀와 마르셀 주위에는 순식간에 눈덩이가 잔뜩 쌓이게 되었다.

"루디, 항상 라티나를 약하다든가 작다든가 느리다고 하는걸! 라티나, 루디한테 지지 않을 거야!"

그녀는 작고 사랑스러운 겉모습과 달리 긍지가 높았다. 하지만 단순한 술래잡기 등 평소 하는 놀이로는 체격과 체력이 뛰어난 루디 쪽이 우위에 있었다. 이 소녀는 그것이 참을 수가 없었다.

루디의 너무 유치해서 알기 쉬운 꼬인 연심은 소꿉친구들을 비롯한 주위 사람들에게 빤히 보였으나, 정작 당사자인 이 소녀에게는 전해지지 않고 있었다.

라티나의 자기 평가가 낮다는 점, 적의의 반대인『호의』에도 민감하기에『호의의 내용』에는 둔감한 점, 그녀가 다른 관습을 지닌 이국 출신이라는 점. 이유는 많았으나 가장 큰 원인은 그녀가 뼛속까지 천진한 아가씨이기 때문일 것이다.

언젠가 루디의 코를 납작하게 만들어 주겠다.

맨날 지고만 있을 수는 없다. 그렇게 생각하는 라티나는 천성이 온화하나 충분히 기가 셌다.

그렇게 평소의 울분을 풀겠다며 벼르는 라티나의 이야기를 마르셀은 친구의 연심을 알면서도 생글생글 웃으며 듣고 있었다.

자발적으로 운영 위원이 생겨났다고는 하지만 규칙을 꼼꼼히 정할 시간은 없었기에, 매우 간단한 규칙으로 게임은 시작되었다.

눈덩이에 맞으면 실격, 상대 팀의 깃발을 얻으면 승리였다.

이미 광장 여기저기에 셸터가 될 눈벽이 구축되어 있었고 — 아이들끼리 만들었다면 그만큼 많은 시간을 빼앗겼을 시설 준비는 **어째서인지** 대부분 완료되어 있었다. 힘쓰는 일에 뛰어난 **누군가**나 마법에 뛰어난 **누군가**라면 그다지 수고스러운 일은 아닐지도 모르지만, 평범한 어른들에게도 꽤 고된 일이었다. 정말로 이상한 현상이었다 — 광장의 양쪽 끝에는 본진이 되는 벽과 깃발이 준비되어 있었다.

아이들이 뭔가 하려고 한다는 소문은 어른들에게도 퍼져 있었기에 광장 주위에는 적잖은 어른들이 관객으로 모여 있었다. 어른들이 보기에 이 정도 규모로 뒤섞이면 게임 클리어는 불가능할 것 같았으나, 아이들은 특별히 신경 쓰지 않는 것 같았다. 그래서 찬물을 끼얹는 눈치 없는 어른도 없었다.

연령층도 다양한 많은 아이들이 이제나저제나 개시 신호를 기다리고 있었다.

"스타트!"

운영 위원장인 실비아가 광장 중심에서 개시를 선언하며, 즉흥적으로 직접 만들어 준비한 듯한 빨간 수기를 휙 올렸다. 그것을 신호로 양 진영의 본진에서 대기 중이던 운영 위원들이 빨간 수기를 내리고 금속 냄비를 뎅뎅 울렸다.

그 신호와 함께 라티나는 달려 나갔다.

아직 거리가 있으니 상대의 눈덩이는 도달하지 않는다. 두려워할 필요 없이 전속력으로 달려도 괜찮을 터였다. 상황을 냉정하게 판단하고 안전한 루트를 추측하여 달렸다. 분홍색 털모자에 달린 털방울이 통통 흔들렸다.

처음 목표했던 셸터 뒤로 미끄러져 들어가자 셸터에 맞은 눈덩이가 파사삭 부서졌다. 상대 팀의 공격 범위에 들어온 것이다.

'루디는 반드시 한가운데로 올 테니까 여기서 노리자!'

확신을 가지고 있는 것은 친구의 성격을 잘 알기 때문이기도 했다. 잔꾀 따위 부리지 않고, 친구들 사이에서도 큰 체격을 살려서 타고난 파워로 밀어붙이는 타입이었다.

평소에는 그런 그에게 밀리기만 했으나 오늘은 다르다. 아군의 원호 눈덩이에 맞춰 앞을 살펴 타깃을 찾았다.

'있다!'

목적하는 인물의 모습을 확인한 라티나는 즉각 『작전』 실행으로 넘어갔다.

한편 루디 쪽에서도 라티나의 모습은 확인할 수 있었다.

개시 직후 아이들 사이에서 튀어나온 작은 실루엣이 낯익은 분홍 모자와 목도리를 착용하고 있었기에 알 수밖에 없었다. 새끼 토끼도 좀 더 보호색을 신경 쓸 것이다. 아주 잘 어울리지만. 걸을 때마다 저 커다란 털방울이 통통 흔들리는 것을 보면 본능적인 무언가를 자극받아 무심코 꽉 움켜쥐게 되었다. 그럴 때마다 라티나는 조금 부루퉁한 얼굴로 올려다보았다. 그런 얼굴도 귀여웠지만.

'저 상태로 숨었다고 생각하다니 얼간이라니까.'

셸터 뒤에서 분홍색 털방울이 삐죽 튀어나와 있었다.

그녀는 공부도 잘하고 머리도 좋을 텐데 때때로 이렇게 얼빠진 모습을 보였다.

루디는 상대 팀의 모습을 살피며 이동했다.

라티나가 있는 셸터로 우회해서 접근했다.

'단숨에 결판내겠어!'

거리를 가늠하고 단숨에 튀어나갔다. 라티나에게 반격당하지 않고 양손에 장비한 이 눈덩이를 맞추면 자신의 승리다. 움직임으로 주의를 끌고 눈덩이를 높이 던져서 머리 위로 떨어지게 했다. 나긋나긋한 라티나는 반응할 수 없을 것이다.

파삭! 호를 그린 눈덩이는 분홍색 모자에 싱겁게 명중했다. 루디는 분통해하는 라티나의 얼굴을 떠올리며 셸터 안쪽을 들여다보았다.

거기 있던 것은 고드름 같은 얼음 기둥에 걸쳐진, 눈을 뒤집어쓴 분홍색 모자였다.

"읏?!"

미끼임을 루디가 이해한 순간, 셸터 안쪽에 작은 몸을 웅크리고 있던 라티나가 일어났다.

루디의 시야 끄트머리에서 빛의 입자가 반짝반짝 튀었다.

“잠깐……! 마법은 반치…….”

외치는 도중에 루디는 라티나가 만들어 낸 쁘띠 눈사태에 휘말렸다.

라티나가 다룰 줄 아는 하늘 속성 마법 중에서 방어벽을 만드는 것과 공격 마법은 결국 똑같은 성질의 힘을 다른 방식으로 사용하는 것이었다.

마력으로 방패를 만들면 『방어』. 마력탄을 날리면 『원거리 공격 마법』. 그리고 마력 덩어리로 때리면 『근거리 공격 마법』이 되는 것이다.

게다가 라티나는 마력 제어 쪽으로는 어른들 뺨치는 기량을 가지고 있었다.

그녀가 한 일은 눈 아래에 전개한 마력 벽을 단숨에 일으킨 것이었다. 눈을 올린 밥상 뒤집기였다.

작전대로 루디를 눈에 가둔 라티나는 셸터 안쪽에 만들어 두었던 특대 눈덩이를 양손으로 들어 올렸다.

움직일 수 없는 루디의 머리에 폭삭 떨어뜨렸다. 결정타였다. 눈덩이를 맞춰야만 상대를 아웃시킬 수 있다는 생각에서 나온 행동이었다. 이상한 데서 그녀는 성실했다.

“해냈다! 루디한테 이겼어~!”

양손을 들고서 무심코 만세를 했다.

기쁜 나머지 그녀는 까맣게 잊어버렸다.

아직 한창 싸움이 벌어지고 있는 와중이라는 것을.

"흐야!"

라티나의 작은 머리에 맞고 눈덩이가 파삭 부서졌다.

파박, 파바박. 직후, 수많은 눈덩이의 집중포화가 퍼부어졌다. 비명을 지른 라티나는 순식간에 눈투성이가 되었다.

"흐야아아아!"

"적측 마법사는 해치웠다! 진격!"

승리의 고함을 지른 것은 그녀(라티나)의 절친이었다.

"처음부터 루디는 버리는 패였어! 자, 가자!"

그런 부분에서 클로에는 정말이지 가차 없었다.

결국 클로에 장군이 이끄는 팀이 승리하게 되었다.

관전하던 어른들이 무심코 감탄할 정도의 지휘였다.

"해냈어! 루디한테 이겼어!"

하지만 라티나는 『춤추는 범고양이』에서 승리를 보고했다. 팀전으로는 패배했으나 『그녀의 싸움』은 승리했다.

"라티나, 잔뜩 놀고 왔으니까 간식이라도 좀 먹을래?"

"응!"

그렇게 말한 케니스가 그녀에게 건넨 것은 따끈따끈한 군고구마였다. 찬찬히 가열하여 충분히 단맛을 끌어냈기에 이것만으로도 달콤한 간식으로 취급할 수 있는 일품이었다.

추위 속에서 눈싸움을 벌이느라 라티나는 코끝이 빨개져서 돌아왔지만, 옷을 갈아입고, 설탕을 조금 넣은 따뜻한 우유를 한 잔 마시자 완전히 원래대로 돌아왔다.

"돌아오는 길에 눈사람이 된 사람을 봤는데, 감기 걸리지 않으려나."

문득 그런 생각이 떠올랐으나 이내 의식은 승리 보고 쪽으로 넘어갔다.

고구마를 냠냠 먹고, 새로 따라 준 우유를 마셨다. 승리의 축배가 아닌 승리의 우유는 전에 없이 맛있었다.

"어제 연습했으니 말이지."

데일도 상냥하게 미소 지어 주어서 라티나는 더더욱 기뻐하며 웃었다.

그녀가 웃는 것을 본 데일은 어제 『눈 치우는 법』을 가르쳐 준 보람이 있다고 생각했다.

데일의 고향인 티스로우는 눈이 많이 내리는 곳인 데다가 마법사가 많은 토지였다. 마법으로 눈을 치운다는, 다른 지역 사람이라면 쓸데없이 너무 사치스럽다고 여길 만한 기술이 비정상적으로 발달해 있었다. 쓸 수 있는 힘을 쓰지 않는 것은 손해라는 사고방식을 따른다면 매우 합리적인 방식의 기술 발전이기는 했다.

데일은 눈싸움이야 보러 가지 못했지만, 그녀의 모습을 관람하러 갔던 가게의 단골손님들이 아주 많았기에 이미 상세한 보고를 들은 상태였다.

그래도 역시 무용담은 이 작은 소녀에게 직접 들어야 했다.

남구의 **한 아이**가 만든 대작 눈사람을 부순 사람이 무섭게 생긴 남자들에게 호된 벌을 받아 눈사람의 기분을 몸소 이해하기 위한 체험을 하게 됐다는 이야기는 데일도 들었으나, 뭐, 대단한 일은 아니었다.

자신의 손으로 천벌을 내리고 싶은 마음도 없진 않았지만 그것 때문에 라티나와 보내는 시간이 줄어들어서야 의미가 없었다. 그런 족속 때문에 시간을 쓰다니, 시간 낭비였다.

"다음에도 같이 눈사람 만들까?"

"응."

"훨씬 더 크게 만들자."

"응!"

이렇게 환히 웃는 라티나와 함께라면 동심으로 돌아가 눈놀이를 즐기는 것도 나쁘지 않았다. 다음에는 어떤 놀이를 가르쳐 줘야 할까.

차라리 거대 눈 조각상을 만들어 보는 것은 어떨까.

그런 생각을 하며 데일은 라티나가 조금 나눠 준 군고구마를 입에 넣었다.

†

크리소스의 운이 좋기 때문인지 라티나의 평소 선행 때문인지는 판별할 수 없으나, 눈이 도중에 비로 바뀌는 일 없이 아침을 맞이한 크로이츠는 폭설을 남긴 채 맑게 갰다.

"오오오……."

감탄한 크리소스는 옷이 마음에 들었는지 오늘도 분홍색 양 상태였다. 그보다 약간 산뜻한 라벤더색 양으로 변한 라티나가 언니와 나란히 『춤추는 범고양이』 앞에 쌓인 신설에 발자국을 남겼다.

뒷마당은 이미 밤새 뛰어다닌 빈트 때문에 엉망진창이었다. 멍멍이로서 본능적인 행동이라 화내지는 않았지만 라티나는 그 참상에 확연히 낙담한 모습을 보였다. 마이페이스 무사태평 멍멍이도 라티나의 낙담한 얼굴을 보고 느낀 바가 있었는지 지금은 얌전히 그녀의 발밑에서 꼬리를 흔드는 데 그치고 있었다.

"누나, 다녀오겠습니다!"

"잘 갔다 와, 테오. 『빨강의 신』의 가호가 있기를."

한창 뛰어놀 때인 『범고양이』의 맏아들이 그런 쌍둥이 자매 옆을 달려 나갔다. 라티나는 친동생 같은 존재의 그 모습에 살며시 웃으며 싸움에서 승리하기를 기도해 주었다.

"플라티나."

"응?"

"우리도 갈까."

"눈싸움, 어른은 보기만 해야 해."

어린아이처럼 신난 언니를 보며 웃은 라티나는 천천히 걷기 시작했다.

데일도 그 뒤를 따라 걸었다. 이 천진한 자매라면 아이들 사이에 섞여 전력으로 놀지도 모른다. 심지어 가차 없이 마법을 쓸 것이다.

"그대, 뭔가 나를 상대로 무례한 생각하고 있지 않나."

"아니, 딱히."

무언가를 알아차렸는지 뒤돌아본 크리소스가 데일에게 미심쩍다는 시선을 보내며 물었다. 데일은 담백하게 그것을 받아넘겼다.

"크리소스, 제대로 앞을 보고 걸어야……."

라티나가 허둥거리며 말하는 도중에, 아니나 다를까 크리소스는 발이 미끄러졌다.

"흐……읍……!"

그래도 긍지를 걸고 넘어지지는 않겠다는 듯 크리소스는 묘한 자세로 버텨 냈다. 하지만 그 이상 자력으로는 움직일 수 없게 됐는지 파들파들 떨었다.

"크리소스, 괜찮아?"

"아니, 라티나. 걱정하기 전에 도와줘."

데일의 말에 퍼뜩 놀란 라티나는 언니를 부축했다. 마침내 자세를 바로 세우게 된 크리소스는 태연한 표정을 꾸미고서 일부러 데일 쪽을 보았다.

"예이예이. 조심히 걸어."

크리소스에게 건성으로 대답하며 데일은 어린 라티나와 했던 『약속』을 떠올렸다.

눈싸움에 섞일 수는 없겠지만, 거대한 미끄럼틀이라도 만들어 보는 것은 어떨까. 이 자매는 동심으로 돌아가 한두 번쯤 타 볼 것이다. 아이들을 태우기 전에 안전성을 확인해 보는 것이라고 구실을 갖다 붙이면 완벽하다.

라티나와 크리소스의 마법과 빈트의 손 — 앞발? — 을 빌린다면 그리 어렵지 않게 실현 가능할 터였다.

데일 자신도 오랜만에 본 설경에 동심으로 돌아갔음을 자각하며 천천히 걸었다.

활짝 갠 맑은 하늘은 놀기 딱 좋은 날씨였다.

길게 이어지지는 않을 터인 이 생각지 못한 기회에 자매가 처음으로 함께 눈놀이를 체험하게 해 주자고 생각할 정도로 데일은 지금도 『보호자』로서의 사고를 남겨 두고 있었다.

야옹이 파라다이스.
어린 소녀와
번외편

서구에는 유명한 『고양이 저택』이 있다.

그런 이야기를 라티나는 어느 날 『춤추는 범고양이』의 단골손님인 질베스터에게 들었다. 라티나는 동물을 좋아했지만, 좋아한다는 마음이 너무 앞서서 거리에서 만나는 고양이는 늘 도망쳐 버렸다. 그런 그녀라도 『고양이 저택』이라고 불릴 만큼 많은 고양이가 있는 곳이라면 만질 수 있지 않을까 하는 흐름에서 나온 대화였다.

라티나, 열 살.

티스로우에 갔던 여행을 마치고 크로이츠로 돌아온 어느 날의 일이었다.

그 이야기가 나온 본래 발단은 매일 다니는 『노랑의 신』 신전의 학교에서 친구 실비아에게 들은 이야기였다.

"고양이 집회……!"

꿈같은 『집회』 이야기였다.

"그래, 집회. 고양이는 밤이 되면 다 같이 모이기도 하거든. 중앙 광장의, 낮에 장이 서는 데서 본 적 있어."

"고양이…… 고양이, 잔뜩 있는 거야?"

"있어, 있어. 엄청 있어."

이야기 도중부터 라티나는 상기된 얼굴로 흥분한 모습이었다.

"고양이…… 고양이……!"

"아까부터 라티나, 『고양이』라는 말밖에 안 하는데 괜찮아?"

클로에가 식은땀을 흘리며 말하자 실비아는 웃었지만, 라티나의 귀에는 들리지 않는 것 같았다.

'고양이가 잔뜩……! 줄무늬 고양이도, 하얀 고양이도, 검은 고양이도 있는 걸까! 잔뜩 있으면 한 마리쯤은 만질 수 있으려나!'

마음은 야옹이 파라다이스에 가 있었다.

라티나는 동물을 좋아했다.

그중에서 갯과 생물은 동물도 라티나를 쉽게 좋아했다. 티스로우에서 사냥개를 모조리 굴복시킨 데다가 천상랑조차 수중에 넣은 수완을 봐도 명백했다. 그 정도 『사건』은 좀처럼 일어나지 않지만, 산책 중이던 개가 먼저 라티나에게 다가와 장난치는 상황 정도라면 드물지 않았다.

반면 고양이는 라티나에게 거리를 두는 것 같았다.

라티나 쪽에서 적당한 거리를 두지 못하는 듯했다. 만지고 싶다, 쓰다듬고 싶다는 기분이 너무 앞서서 고양이가 도망쳐 버리는 것이다.

참고로 동물원 같은 장소는 이 세계에 기본적으로 존재하지 않았다. 돈 많은 호사가가 희귀한 동식물을 모으는 일은 없지 않기에 비슷한 것이 아예 없다고는 할 수 없지만, 그것을 일반 서민이 볼 수는 없었다.

그렇기에 마을에 사는 사람이 볼 수 있는 동물의 종류는 상당히 한정되어 있었다. 기껏해야 애완동물이나 가축으로 기르는 동물뿐이었다.

라티나는 묘한 데서 꽤 엄격한 인식을 가지고 있었다. 가축은 가축이라고 담담히 받아들이며 「귀엽지만 고기는 맛있다」고 생각했다.

채식주의자는 될 수 없었다. 왜냐하면 맛있기 때문이다.

그렇게 라티나는 야옹이 파라다이스에 설레는 마음을 주체하지 못했지만 커다란 장해가 있었다.

시간이었다.

라티나가 혼자 돌아다닐 수 있는 시간은 낮으로 한정되어 있었다.

예전에 — 평소 어울리는 동료들과 함께 『성야』에 마물을 구경하러 가기 위해 — 밤에 빠져나갔다가 혼나기도 했지만, 그녀는 혼난 것보다도 데일뿐만 아니라 케니스와 리타에게까지 『걱정을 끼쳤다』는 사실이 견디기 힘들었던 모양이었다. 그 이후로는 멋대로 밤에 놀러 나가려고 하지 않았다.

"……고양이 집회, 보고 싶어……. 하지만……."

하지만 밤은 『춤추는 범고양이』의 영업시간이다. 바쁜 케니스와 리타에게 중앙 광장에 가고 싶다고 조를 수는 없었다.

데일은 매일 귀가 시간이 불규칙적이었다.

게다가 일하고 와 피곤한 데일에게 괜한 수고를 끼칠 수는 없었다. 라티나는 옛날부터 데일을 『사랑』하기에 그에게는 떼쓰지 못하는 면이 있었다.

그 결과, 소망을 가슴속에 간직한 채 시무룩하게 저녁을 먹는 라티나를 어른들은 이상하다는 얼굴로 보게 되었다.

그날 밤, 라티나는 꿈을 꿨다.

다양한 고양이가 주변 일대에 제각각 몸을 쭉 펴고 마음껏 돌아다니는 꿈이었다.

낙원이 바로 여기구나 싶었다.

두근두근 설레는 마음으로 갈색 줄무늬를 가진 새끼 고양이에게 손을 뻗은 순간 잠에서 깼다.

깨어날 줄 알았으면 좀 더 지그시 바라볼 걸 그랬다고 라티나는 이불 속에서 생각했다.

어느새 베개가 눈물에 젖어 있었다.

그 뒤로도 야옹이 파라다이스에 완전히 마음이 사로잡힌 채인 라티나의 모습은 주위 어른들에게 이상 사태로 보였다.

무언가 멍하니 생각하는가 싶다가도 휴우 하고 한숨을 쉬었다.

표정이 슬퍼 보여서 물어보면 「아무것도 아니야」라며 고개를 저었다.

그러다가도 생각에 잠겨 즐겁게 미소 짓기도 했다.

이유를 짐작할 수 없는 어른들은 곤혹스러워할 수밖에 없었다.

그리고 그녀에게는 『전과』가 있었다.

그녀의 이상을 감지하고 있었으면서도 상태 확인을 뒤로 미뤘기에 그녀가 『스스로 뿔을 부러뜨릴』 만큼 궁지에 몰리게 됐던 일을 어른들은 후회하고 있었다.

이번 『이상』을 방치할 수는 없었다.

"라티나한테 무슨 일이 있었던 거야?"

심각한 얼굴로 갑자기 꺼낸 데일의 말이었지만, 그것은 『범고양이』에 모인 어른들의 공통된 의견이기도 했다.

그렇기에 필사적으로 캐물어 라티나로부터 『이유』를 들은 순간, 데일은 안도하여 힘이 쭉 빠졌다.

'너무 귀여워……!'

"데일?"

어깨를 떨며 아래를 보는 자신을 걱정하는 라티나의 목소리에도 지금 데일은 대답할 수가 없었다. 진지한 라티나에게는 미안하지만 포복절도할 자신이 있었다. 그것도 안도했기 때문이었지만.

거기서 질베스터가 꺼낸 것이 예의 그 『고양이 저택』 이야기였다.

"……고양이를 보고 싶다면 굳이 밤에 나갈 것 없어. 우리 옆집이 서구에서도 유명한 『고양이 저택』이야."

질베스터의 말에 라티나가 「맙소사!」 하는 표정으로 돌아보았다.

『고양이 집회』뿐만 아니라 그런 파라다이스도 있다니, 아직 자신의 『세계』는 좁았다며 감동했다.

제정신으로 돌아온 데일이 얼굴을 들었을 때, 라티나의 관심은 질베스터에게로 넘어가 있었다.

한발 늦었다.

어쩔 수 없다면서 허락하여 「역시 데일이 제일 좋아!」라는 말을 들을 기회를 놓쳤다.

손수건을 아드득 물어뜯고 싶은 기분이었다.

"질 씨네 옆집에 라티나가 가도 돼? 가면 안 될까?"

"옆집이니까. 그런대로 교류는 있어. 내 쪽에서 얘기해 주마."

"정말?! 질 씨, 고마워!"

활짝 웃는 라티나에게 감사받은 질베스터의 얼굴은 흐물흐물 풀어져 있었다. 빙그레 웃는다는 평범한 표현을 쓰기 꺼려질 만큼 인상이 험악한 질베스터가 짓는 웃음의 위력은 무시무시했다.

"고조 시헤스라고 혼자 사는 영감인데, 바다 너머의 섬나라 출신이라는 것 같아. 별난 이름이지?"

"응? 질베스터, 그 영감님 이름, 다시 한번 물어봐도 될까?"

"고조 시헤스라는 전직 모험가야."

"……어쩌면 그 영감님, 내가 아는 사람일지도."

기억을 더듬은 후 데일이 그렇게 말하자 질베스터뿐만 아니라 케니스도 깜짝 놀란 표정을 지었다.

"시헤스 옹이라면…… 우리 세대 모험가 중에는 신세 진 녀석도 많지만, 데일이 모험가가 됐을 무렵에는 완전히 은거하고 있었을 텐데?"

케니스가 그렇게 의문을 품는 것도, 데일에게 모험가로서의 기초를 가르친 것이 케니스 자신이기 때문이었다.

“우리 할아버지 장례식에…… 그런 이름을 가진 영감님이 왔던 것 같아서. 우리 할아버지는 젊었을 때 모험가 일을 했다고 들었으니 그때 알게 된 사이일지도 몰라.”

데일의 조부 라이날트는 독자적인 문화권인 티스로우 외부에서 장가온 인물이었다.

인격자로 알려져 있어서, 원래 외부인임에도 불구하고 지금도 조부를 나쁘게 말하는 자는 없었다. 「아무튼 그 벤 할멈의 남편이 된 인물이니 말이야」라는 한마디로, 조부를 모르는 젊은 세대들도 그 위대함을 깨달을 수 있었다.

검과 마법에 뛰어났으며 교양도 있었던 그는 코르넬리오 사부가 오기 전에 마을 아이들을 가르치기도 했었다.

그렇게 뭐든 잘하는 완벽한 그가 벤델가르드와 결혼했다. 그것은 티스로우의 『7대 불가사의』 비슷하게 마을 사람들 사이에서 이야기되고 있었다.

「아니, 라이날트이기에 가능했던 것이다」라는 역설적인 의견도 어느 정도 존재했다. 당시 벤델가르드의 남편이 될 만한 연령대의 남자들은 일족뿐만 아니라 주변 지역 사람들도 전부 꽁무니를 뺐다. 그 사실이 있기에 무게가 실리는 발언이었다.

일족의 차기 당주라는 입장에 있었으면서도 젊은 벤델가르드가 모험가 생활에 뛰어들어 방랑한 것은 무사 수행도 견문을 넓히기 위해서도 아닌, 신랑 찾기가 주된 목적이었다.

†

옆집에 사는 질베스터의 중개를 받아 시헤스 옹의 저택을 방문했을 때, 데일이 티스로우 출신임을 들은 시헤스 옹의 반응은 무시무시했다.

"벤델가르드의 손자라고……?!"

초대면에 가까운 상대에게 보일 만한 양상은 아니었다.

그런 그를 목도한 데일은 즉각 훌륭한 각도로 허리를 접었다.

"그때는 조모가 대단히 폐를 끼쳤습니다!!"

어느 때인지는 데일 자신도 알지 못했다.

하지만 그 조모의 손자로 오랫동안 지낸바, 이런 경우에는 대체로 조모가 잘못했다고 판단해야 했다. 아무튼 전신전령을 담아 사죄하는 것이 제일이었다.

옆에 있던 라티나는 데일의 갑작스러운 행동에 깜짝 놀라 회색 눈을 동그랗게 뜨고서 굳어 있었다.

시헤스 옹도 데일의 반응은 예상 밖이었는지, 헛기침하며 평상심을 되찾은 척하고서 『그리운』 이름을 꺼냈다.

"그렇군. 벤델가르드의 손자라는 건…… 라이날트의 손자이기도 한 거로군."

그리고서 피곤한 얼굴로 어깨를 떨구었다.

시헤스 옹이 사는 곳은 크로이츠의 고급 주택가로 분류되는 서구였다. 노인 혼자 사는 집치고는 대단히 크고 훌륭한 저택이었다. 잘 손질된 앞마당에는 처음 보는 화초가 이 나라와는 다른 조원(造園) 형식으로 심겨 있었다.

저택 내부도 이국의 정서가 느껴졌다.

하지만 완전히 이국의 양식은 아니었다. 독자적인 문화를 지닌 티스로우 출신인 데일은 그 이유도 알 것 같았다. 손님을 맞이하는 응접실 등은 라반드국의 양식으로 꾸미는 편이 여러 가지로 편할 것이다. 저택이 커서 방이 많기에 가능한 배려였다.

하인의 안내를 받아 들어간 응접실은 라반드국풍 양식 속에서 이국적 장식 요소가 느껴졌다.

"와아아아아아아!"

거기 있던 무수한 고양이를 보고 라티나는 이성을 잃었다. 예의 바르기로 정평이 난 그녀가 집주인에게 인사하는 것조차 잊고서 환호성을 지르며 폴짝폴짝 뛰었다. 게다가 그 상태로 한 바퀴 돌았다. 데일도 깜짝 놀랄 만큼 들뜬 모습이었다.

"데일, 고양이, 고양이! 잔뜩 있어! 귀여워!"

"어…… 으응."

라티나는 그렇게 말하고 반짝거리는 눈으로 데일을 올려다보았다. 이토록 기쁨을 온몸으로 나타내니 데일도 그녀를 책망할 기회를 놓치고 말았다.

그리고 유감스럽게도 라티나의 이 신난 모습에 질겁한 것은 데일뿐만이 아니었다. 방 안에 있던 고양이들도 일제히 움찔 반응하더니 라티나를 위험인물이라고 간주해 버렸다.

다행히 응접실에 시헤스 옹이 모습을 나타낸 것은 라티나가 다소 침착함을 되찾은 뒤였다. 거기서 데일의 자기소개를 들은 시헤스 옹의 반응이 서두의 『그것』이었다.

"라이날트는 정말로 잘난 녀석이었어. 검뿐만 아니라 마법도 쓸 수 있었지만, 속성 관계로 회복 마법은 쓰지 못했지. 그래서 회복 마법이 특기인 자를 찾았는데……."

"아……."

조부와 조모가 만난 계기를 들은 데일은 묘한 목소리를 냈다.

조모 벤델가르드는 그 성격과 어울리진 않지만 『하늘』『물』『땅』의 마법 속성을 가진 방어 계열과 회복 계열 마법의 전문가였다.

"미남이었으니까 상대도 마음껏 고를 수 있었을 텐데…… 왜 벤델가르드였던 거지?"

"그건 손자인 제게도 의문입니다."

데일뿐만 아니라 고향 사람들 대다수가 품은 의문이었다.

사냥꾼 일족인 티스로우에서 가장 발전한 것은 궁술이었다. 데일도 가장 잘 다루는 무기는 활이지만, 검술도 어느 정도는 수양했다.

그것은 조부가 살아계실 때, 그리고 조부에게 가르침을 받은 부친 랜돌프에게 배운 것이었다. 실전 형식의 검술이기는 하지만, 완전한 자기 만의 검술은 아닌 형태였다.

일찍이 조부의 동료였던 노인도 그의 조부 라이날트의 검술을 칭찬했다.

"뭐. 괴짜이기는 했지. 명성도 재물도 바라지 않았고, 다른 자들과 조금 다른 것을 보고 있는 듯한 녀석이었어. ……뭐든 솜씨 좋게 해냈던 게 문제였을지도 모르지."

그렇게 옛날을 그리워하며 중얼거린 노인은 투박한 손을 뻗어 탁자 위에 놓인 담배 쟁반을 끌어당겼다. 용이 조각된 담배통에 익숙한 손놀림으로 담뱃잎을 넣고 물 흐르는 듯한 동작으로 피웠다. 한 줄기 연기가 피어올랐다.

노인의 행동을 눈으로 좇던 데일은 문득 느낀 위화감의 이유를 바로 깨달았다.

시헤스 옹이 든 흡연 도구는 라반드국에서 볼 수 없는 이국의 물건이었다. 하지만 그는 그것을 자주 보았다. 고향의 조모가 애용하는 것도 똑같은 형태의 흡연 도구였다.

"그거……."

"응?"

의도를 묻는 듯한 목소리를 낸 시헤스 옹은 데일의 시선이 자신의 곰방대에 있음을 알아차렸다. 손목을 까딱여 가볍게 위아래로 흔들었다.

"이게 왜? 희한한가?"

"아뇨…… 조모도 똑같은 형태의 흡연 도구를 사용하고 있어서. 이국의 물건이라고는 생각했습니다만……."

데일이 대답하자 시헤스 옹은 얼굴을 한 번 찌푸리더니 「아아.」 하고 신음 같은 목소리를 냈다.

"내 고향 물건이야. 라이날트 녀석이 희한하니까 달라고 해서 몇 개 줬는데, 그 녀석 본인은 담배를 안 피웠지?"

"네."

"벤델가르드가 라이날트에게 받은 거겠지."

"그랬던 건가요."

대답하며 데일은 고향에서 조모가 들고 있던 곰방대를 떠올렸다.

"조모가 항상 사용하는 건 그 금속 부분에 꽃이 조각되어 있었습니다."

데일의 그 말에 시헤스 옹은 눈썹을 찡그렸다.

"……내가 준 것 중에 그런 건 없을 텐데."

"그렇습니까?"

"그래. 내 고향에서 가져오려고 해도 연줄이 없으면 어려울 터……."

그런 대화를 하고 있으니 어느새 라티나가 옆에서 두 사람을 보고 있었다. 한 손에 쥔 강아지풀이 까딱까딱 흔들렸다.

"할머니의 담배 얘기?"

"그래."

갑자기 끼어든 그녀를 보고 놀라며 데일이 긍정하자 라티나는 살짝 고개를 갸웃하면서 아무렇지도 않게 대답했다.

"할머니가 쓰는 담배 도구는 데일네 할아버지가 만들었다고 했어."

손자에게도 들려주지 않은 추억 이야기를 해 줄 만큼 조모는 이 소녀를 예뻐한 듯했다. 그렇게 생각하며 멍해지려던 데일은 혼자 납득했다.

라티나는 아까부터 한 손에 강아지풀을 들고 고양이한테 직격했다가 도망치는 고양이를 쳐다보기를 반복하고 있었다. 하지만 이토록 고양이가 많은 상황에서는 좌절하지 않는 모양이라서, 지금도 그녀의 시선은 자기 키보다도 높은 선반으로 피난한 하얀 고양이에게 향해 있었다.

"……그러고 보니 예전에 조부는 장인이 무슨 일을 하는지 알기 위해서라며 고향의 공방에도 출입한 적이 있다던데."

데일은 고향의 노인에게 들었던 추억 이야기를 떠올렸다. 외부에서 온 데릴사위였기에 티스로우의 마도구 제조와 그 기술 지식이 없었던 조부는 공방에 출입하며 현장에서 일하는 자와 적극적으로 교류를 꾀해 지식을 얻었다고 한다. 티스로우의 비술이라고 불리는 부분은 접할 수 없었겠지만, 도구나 원재료에 관해 배우는 과정에서 틀림없이 실제로 그것들을 다뤄 봤을 것이다.

그렇게 조부를 떠올리는 데일 옆에서 시헤스 옹이 뭐라고 말하기 어려운 표정을 지었다.

"정말로 그 녀석은 솜씨 좋게 뭐든 해내는군……."

"돌아가신 할아버지는 그다지 강하지 않았지만 재주가 있어서 그런 건 잘했다고 할머니도 말했어."

"아니, 그건 그냥 할멈이 이상한 거야."

"벤델가르드가 규격을 벗어났을 뿐이지."

"응?"

라티나가 벤 할멈의 발언을 두 사람에게 전하자 두 사람은 그것을 동시에 부정했다.

벤 할멈의 기준은 세간과 크게 괴리되어 있었다.

"뭐, 라이날트 녀석은 그렇다 치고, 이국의 도구는 호사가들 사이에서 일정한 수요가 있거든. 모험가를 은퇴한 뒤로는 그때의 연줄도 사용해 수입업을 시작했어. 필요하다면 편의를 봐 주지."

"그렇군요……."

중얼거리며 데일은 시헤스 옹이 『바다 너머 섬나라』 출신임을 떠올렸다. 라반드국의 공용어인 『서방대륙어』와 함께 2대 언어라고 불리는 『동방제국어』가 주로 쓰이는 지역에는 크고 작은 섬들이 연합국을 이룬 지역이 있다고 한다. 각 섬의 문화는 다양하고, 정치 형태도 라반드국을 비롯한 대륙 측과 크게 다르다고 들었다.

시헤스 옹의 고향도 그 섬들 중 하나일 것이라고 추측했다.

"나는 전문가가 아니라 자세히는 모르지만, 신전에서 하는 종교 의식의 방법에도 문화의 차이가 나타난다더군."

"아아…… 그건 알 것 같네요. 라반드국의 주류 의식과 저희 고향의 방식에서도 차이는 나타나니까요."

"내 고향은 어린아이의 사망률이 비교적 높기도 해서 아이의 성장을 축하하는 의식이 활발해."

"그렇습니까."

"일정한 나이가 된 아이를 위한 화려한 옷을 맞추고 신전에서 예배하는 것이 주류인데…… 그렇군, 딱……."

거기서 시헤스 옹은 곰방대 끝을 척 움직였다.

"저 정도 나이 때 아이지."

"……."

곰방대가 가리킨 곳에서는 라티나가 새끼 고양이 상대로 손을 꼼지락거리고 있었다.

짧은 시간이지만 어느 정도 지켜보게 되면서 고양이도 라티나에게 조금 익숙해진 모양이었다. 호기심 왕성한 새끼 고양이 쪽에서 그녀를 살펴보러 나왔다.

라티나는 쓰다듬고 싶다는 마음을 꾹 참고 — 그녀도 학습한 듯했다 — 강아지풀을 새끼 고양이 앞으로 내밀었다. 회색 줄무늬가 그려진 꼬리를 살살 흔들며 몸을 낮추는 새끼 고양이 앞에서 타이밍 좋게 강아지풀을 움직이니 새끼 고양이가 홱 달려들었다. 라티나의 표정이 반짝였다. 정말이지 기뻐하는 표정으로 그녀는 마침내 『새끼 고양이와 논다』는 목적을 달성했다는 기쁨에 잠겼다.

그런 라티나를 보는 데일의 표정이 헤벌쭉 풀어졌다.

옛 친구의 손자인 이 청년이 수양딸을 끔찍이 아낀다는 것이 시헤스 옹에게도 훤히 보였다.

"어린아이가 건강히 성장하길 기원하는 종교 의식이지. 이 나라에도 퍼져도 나쁘지 않을 것 같지 않나?"

"그건…… 뭐."

"덧붙여 복식에도 문화 차이가 나타나니 말이야. 견본으로 이 집에도 몇 개 뒀는데…… 그래그래, 이런 거지."

기막힌 타이밍으로 하인이 가져온 것은 라반드국에선 본 적도 없는 양식의 의상이었다. 복잡하며 섬세한 꽃문양은 독자적인 염색 기술로 만든 듯했다. 선명한 색깔뿐만 아니라 농담의 바림질도 쓰여서 화려하면서도 요란하지는 않은 고급스러운 인상을 주었다. 매끄러운 천의 감촉도 고가의 물품이라는 감상을 뒷받침했다.

"이런 예복을 입혀서 신전을 방문하는 거야."

"……."

"하지만 이국의 옷이니 입는 법도 알 수 없겠지. 모처럼 왔으니 뭔가 하나 입혀 봐도 돼."

"……."

시헤스 옹은 모험가 일에서 은퇴한 후, 수입업으로 재산을 모은 남자였다.

아무리 옛 친구의 손자라고는 해도, 고가의 상품을 가볍게 구입할 것 같은 고객이 눈앞에 있다면 그냥 보낼 이유는 없었다.

데일도 노인의 그 의도는 간파할 수 있었다. 그는 복마전인 사교계에서 행동하기를 계속 요구받았던 남자였다.

하지만 그런 사소한 것은 데일에게 어찌 되든 좋았다.

"라티나한테는 좀 더 연한 색이 귀여울 것 같은데요."

그렇게 발언한 데일은 매우 진지한 표정이었다.

"그런가? 아가씨한테는 조금 강렬한 색깔이 어울리지 않을까?"

"무슨 색을 입어도 라티나는 귀엽지만요! 그건 물론이지만! 보호자로서 더욱 귀여운 걸 골라 줘야죠!"

뜨겁게 단언했다.

평소와 똑같았다. 정말이지 데일은 한결같았다.

"응?"

자신의『보호자』가 갑자기 흥분한 모습을 보고 라티나는 골골 소리를 내는 회색 줄무늬 새끼 고양이를 쓰다듬으며 고개를 갸웃했다.

"데일…… 낭비하면 안 돼."

그녀는 자신의『보호자』가 일반적인 세상 기준을 크게 벗어나 자신을 과하게 예뻐한다는 것을 확실하게 알고 있었다.

"라티나한테 쓰는 돈은 전혀 낭비가 아니야."

진지한 얼굴로 잘라 말하는 데일의 모습에는 시헤스 옹도 한층 더한 돈벌이 기회라고 생각하기 전에 이건 좀 문제라고 생각했다.

"라티나, 금방 자랄 거니까…… 비싼 옷, 많이는 필요 없어."

그리고 이 어린 소녀가 나이에 걸맞지 않은 총명함으로 보호자를 설득하려고 하는 모습을 보니, 옷을 팔아넘기려는 사람으로서 다소 양심에 찔렸다.

양팔을 파닥파닥 움직여 자신에게 주목을 모으려고 하는 것도 사랑스러웠다.

하지만 그 기특한 발언은 이 극도의 딸바보 앞에서 역효과였다.

"그러네. 라티나, 쭉쭉 자라 버리겠지. 지금의 이 작은 라티나는 지금만 볼 수 있는 특별한 모습이야."

데일의 그 발언을 들은 순간, 라티나는 무언가를 깨닫고 곤란한 표정을 지었다. 이 상태가 된 데일이 취하는 행동은 한정되어 있었다.

"데일…… 끌어안으면 고양이 도망가 버리니까…… 조금 더 기다려 줘……."

마침내, 정말로 마침내 새끼 고양이와 놀게 되었다.

데일에게 끌어안기는 것은 그녀에게 일상이고 정말 좋아하는 일이지만, 지금만큼은 기다려 주길 원했다.

양팔을 펼치고서 바야흐로 그녀를 끌어안으려던 데일은 도중에 움직임을 뚝 멈췄다. 재주도 좋았다.

라티나가 회색 줄무늬 새끼 고양이에 이어 새까만 새끼 고양이와 접촉하는 데 성공했을 무렵, 데일과 시헤스 옹의 대화는 구체적인 요금 관련으로 넘어가 있었다.

수습이라고는 해도 『범고양이』에서 임금을 받고 있는 라티나는 일반적인 금전 가치를 알고 있었다.

서민이 일반적으로 떠올리는 『옷의 가격』과는 자릿수가 다른 이야기를 두 사람이 하고 있음을 깨달은 라티나는 대화를 듣지 않기로 했다. 새끼 고양이를 향해 강아지풀을 흔드는 데 몰두했다. 견실한 서민파 사고를 지닌 라티나로서는 들어선 안 되는 차원의 이야기라는 생각이 들었다.

그리고 그렇게 약간 현실에서 도피하고 있던 라티나는 정신 차리고 보니 하인들에게 이끌려 응접실 안쪽 방으로 이동해 있었다.

"흐아?"

묘하게 익숙해 보이는 하인들이 척척 옷을 벗기고 낯선 의상을 입혔다. 화려하고 아름다운 의상에 마음이 설레지 않냐고 묻는다면 기분이 복잡하기는 하지만, 그때 라티나가 생각한 것은—.

'고양이 털이 묻으면 빨래하기 힘들 것 같아…….'

……라는 너무나 현실적인 내용이었다.

고급 비단 직물이 부드러운 선을 그렸다. 크게 펼쳐진 소매는 움직임에 맞춰 하늘하늘 흔들려 거기 그려진 아름다운 무늬를 부각했다. 바탕색은 시헤스 옹이 추천한 진홍색이었지만, 물의 흐름을 본뜬 곡선과 함께 배열된 연한 색깔의 꽃 도안이 전체적인 인상을 부드럽게 만들었다.

그 자체가 보석 장식품처럼 빛나는 금은 실로 수놓인 두꺼운 허리띠가 커다란 나비처럼 등에 묶여 있었다.

평소처럼 백금색 머리카락은 양 갈래로 묶여 있지만, 매듭인 진홍색 리본 말고도 옷의 도안과 똑같은 꽃 장식이 달려 있었다.

"라티나~! 귀여워!!!!"

"흐냐아아아!"

탈의실에서 나오자마자 데일에게 끌어안겨 빙글빙글 돌게 된 라티나가 새끼 고양이 같은 비명을 질렀다.

"모처럼 차려입었는데 망가지겠어."

시헤스 옹도 이쯤 되니 어이없다는 얼굴을 숨기지 않았다.

"아니, 그치만 정말로 귀엽다, 라티나! 라티나야 늘 귀엽지만, 오늘은 한층 귀여워! 정말, 무지막지 귀여워!"

「귀여워」가 게슈탈트 붕괴를 일으킬 듯한 데일의 기세였다.

그것 또한 통상 사양이었다.

하지만 그렇게까지 말해 주니 기분이 나쁘지는 않았다. 결과적으로 라티나는 데일에게 휘둘리게 되었으나, 그의 무조건적인 칭찬에 기뻐하며 표정이 배시시 풀어졌다.

"이상하지 않아?

"이상할 리가 없잖아. 엄청 귀여워."

라티나가 양쪽 소매를 팔락팔락 흔들며 수줍게 미소 짓자 백금색 머리카락에 꽂은 연한 꽃 장식이 그 움직임에 맞추어 흔들렸다.

데일 정도는 아니지만, 그 자리에 있는 사람들이 사랑스럽다고 생각하며 훈훈함을 느끼게 하는 동작이었다.

"어때. 나쁘지 않지?"

그렇게 말한 노인의 웃음은 어떻게 봐도 선한 웃음은 아니었다. 하지만 데일은 물론이고 라티나도 흉악한 얼굴에는 익숙했다.

"그러니까 이쪽 나라에서도 이런 관습을……."

"신전이란 조직이 새로운 시도를 하게 만드는 건…… 제 힘 정도로는 어려워서……."

많은 사람이 모이는 조직에서 기득 권익이나 파벌 같은 것은 아무래도 발생하는 문제였다. 그리고 그것들은 데일이 귀찮다며 최대한 엮이는 것을 피하는 문제였다.

『용사』라고 불리는 희귀인으로서의 힘과, 권력자인 공작 각하와의 관계 등 『신전』이라는 조직을 움직일 만한 힘이 있다고 해도 적극적으로 쓰고 싶지는 않았다. 가능은 하지만 실제로 하고 싶지는 않다는 것이 솔직한 본심이었다.

"지금 당장 그러자는 건 아니야."

여생이 얼마 남지 않았다는 말을 코웃음 치는 여유를 보이며 노인은 웃었다.

"네가 좀 더 대단한 사람이 된 후라도 상관없어. 마을의 신전 하나쯤 간단히 움직일 만한 힘을 기르게 됐을 때, 이 늙은이의 말을 떠올려 주면 돼."

대답하기 곤란하여 그저 쓰게 웃는 데일을 올려다본 라티나가 이상하다는 듯 고개를 갸웃했다. 그런 그녀를 보며, 정착시키는 것은 무리더라도 오늘은 오랜만에 신전에 참배 정도는 하러 가자고 데일은 생각했다.

"그래…… 10년이면…… 실권 한두 개는 쥐겠지."

도대체 그 근거는 어디서 나오는 것이냐고 데일은 묻고 싶었으나,

그 『근거』는 각각 규격을 벗어난 존재인 조부모가 원인이라고도 생각했다. 그 조부모와 비교하지 말아 달라고 생각하는 데일 자신도 세상의 기준으로 보면 충분히 규격을 벗어난 존재였다.

"10년인가……."

"응?"

그때쯤 이 아이는 얼마나 자라 있을지 생각하니 조금 복잡한 기분이 되었다. 완전한 성인 여성이 되어 버릴 것이다. 쓸쓸하다고 여기는 것은 자신의 아집일까.

"……약속은 드릴 수 없습니다만."

"뭐, 이번에는 이 거래만으로도 충분해."

그렇게 말하고 씩 웃는 노인에게서는 조모와 비슷한 노회함이 느껴졌다.

하지만 그것을 본인에게 말한다면 언짢아할 것이다. 데일은 그렇게 생각하며 이만 가 보겠다는 말을 꺼냈다. 고가의 의상 일습을 현금으로 구매하는 귀중한 손님과의 거래에 시헤스 옹의 표정도 밝았다.

10년.

노인은 깊은 의미를 두지 않고 꺼낸 세월이었을지도 모르지만—.

10년도 지나지 않아 『백금의 용사』라는 영웅으로서의 이명을 전 세계에 떨친 데일은 이웃 나라의 공주를 아내로 맞이하여 국가적으로도 함부로 대할 수 없는 입장이 되면서, 『한 도시』를 큰 권력으로 움직이는 것이 결코 허황되지 않은 현실미를 강하게 띠기 시작했다.

하지만 10년이 묘하게 현실적인 기간이라는 것을 이때의 데일은 전혀 알 방도가 없었다.

■작가 후기

「후일담의 글자 수가 말이죠, 계산해 봤더니 예정보다 늘어나 버렸어요…….」 하고, 인터넷판 최종화를 완성한 후의 어느 날, 저는 제게 조정 능력이 없다는 것을 담당 편집자님께 호소했습니다.

많은 분께는 안녕하세요, 어쩌면 처음 뵙겠습니다. CHIROLU라고 합니다. 이번에 이렇게 졸작『우리 딸을 위해서라면, 나는 마왕도 쓰러뜨릴 수 있을지 몰라.』7권을 구매해 주셔서 진심으로 감사합니다.

실은 6권 원고의 교정을 끝낸 후, 저는「다음 권이 마지막 권입니다」 하고 여기저기에 공언했습니다. 구체적으로는 사인회 때문에 갔던 해외에서 참여한 연회석 등이죠. 당연히 그렇게 할 예정이었습니다만, 다시금 손을 꼽아 계산해 보니 서두의 사태가 되어 있었습니다. 여전히 인터넷판은 스마트폰으로 조금씩 집필하고 있기에 생긴 폐해입니다.

「가필 분량을 조절하면 한 권에 넣을 수는 있을 것 같지만, 추가 외전은 어려울 것 같은데…….」 그렇게 입을 뗀 제게 편집자님은 말씀하셨습니다.「두 권으로 나눠도 돼요.」

「예? 하지만 그렇게나 확실하게 말해 버렸는데요…….」「두 권으로 나누면 되죠.」「……알겠습니다. 두 권으로 나누면 되는 거군요!」

그런 대화를 거쳐, 이번 권이 마지막 권이라고 생각하셨을 많은 분의 예상을 배반하는 형태로 발행하게 되었습니다.

이번 권에 수록된 『후일담』 말입니다만, 이 작품을 취미로 처음 쓰기 시작해 플롯을 구상하는 단계에 저는 어떤 사실을 깨달았습니다.

본편만으로는 사이좋은 쌍둥이 자매가 알콩달콩할 시간이 부족하다는 것을요…….

사이좋은 설정으로 만들었는데 줄곧 내보일 수 없다는 욕구 불만을 풀기 위해서도 『후일담』을 쓰자고 정한 순간이었습니다.

힘써 주신 관계자분들. 최근 시간축이 제각각인 『딸』만 발주해서 정말로 폐를 끼치고 있는 케이 님. 그리고 무엇보다도 수많은 작품 중에서 이 작품을 골라 주신 여러분께 진심으로 감사드릴 따름입니다.

조금이나마 『우리 딸』을 보며 마음이 따뜻해지셨기를 바랍니다.

2018년 2월 CHIROLU

우리 딸을 위해서라면, 나는 마왕도 쓰러뜨릴 수 있을지 몰라. 7

1판 1쇄 발행 2018년 6월 20일
1판 2쇄 발행 2020년 7월 24일

지은이_ CHIROLU
일러스트_ Kei
옮긴이_ 송재희

발행인_ 신현호
편집부장_ 윤영천
편집진행_ 김기준 · 김승신 · 원현선 · 권세라 · 유재슬
편집디자인_ 양우연
국제업무_ 정아라 · 전은지
관리 · 영업_ 김민원 · 조은걸 · 조인희

펴낸곳_ (주)디앤씨미디어
등록_ 2002년 4월 25일 제20-260호
주소_ 서울시 구로구 디지털로 26길 111 JnK디지털타워 503호
전화_ 02-333-2513(대표)
팩시밀리_ 02-333-2514
이메일_ lnovelpiya@naver.com
L노벨 공식 카페_ http://cafe.naver.com/lnovel11

ISBN 979-11-278-4536-0 04830
ISBN 979-11-278-2428-0 (세트)

값 9,800원

고블린 슬레이어 1~6권

카규 쿠모 지음 | 칸나츠키 노보루 일러스트 | 박경용 옮김

"나는 세상을 구하지 않아. 고블린을 죽일 뿐이다."
그 변경의 길드에는 고블린 토벌만 해서
은 등급까지 올라간 희귀한 모험가가 있다…….
모험가가 되어 처음 짠 파티가 괴멸하고 위기에 빠진 여신관.
그때 그녀를 구해준 자가 바로 고블린 슬레이어라 불리는 남자였다.
그는 수단을 가리지 않고, 수고도 마다치 않으며 고블린만을 퇴치한다.
그런 그에게 여신관은 휘둘려 다니고, 접수원 아가씨는 감사하며,
소꿉친구인 소치기 소녀는 기다린다.
그런 가운데 그의 소문을 듣고서 엘프 소녀가 의뢰를 하러 나타났다—.

압도적 인기의 Web 작품이 드디어 서적화!
카규 쿠모 × 칸나츠키 노보루가 선물하는 다크 판타지, 개막!

BOOKS

라이트노벨의 새로운 빛! L북스의 신간은 매월 20일에 발매됩니다. http://cafe.naver.com/lnovel11